红旗渠故事

王献青◎著

郑州大学出版社

图书在版编目（CIP）数据

红旗渠故事 / 王献青著 . — 郑州 : 郑州大学出版社 ,2021.12（2022.9 重印）
ISBN 978-7-5645-8343-9

Ⅰ . ①红… Ⅱ . ①王… Ⅲ . ①纪实文学—中国—当代 Ⅳ . ① I25

中国版本图书馆 CIP 数据核字（2021）第 234022 号

红旗渠故事
HONGQIQU GUSHI

策划编辑	秦熹微	封面设计	崔瑞芳
责任编辑	胡倍阁	版式设计	崔瑞芳
责任校对	魏　彬	责任监制	凌　青　李瑞卿
出版发行	郑州大学出版社出版发行	地　　址	郑州市大学路 40 号（450052）
出 版 人	孙保营	网　　址	http：//www.zzup.cn
经　　销	全国新华书店	发行电话	0371-66966070
印　　刷	永清县晔盛亚胶印有限公司		
开　　本	710mm × 1 010mm　1/16		
印　　张	15	字　　数	196 千字
版　　次	2021 年 12 月第 1 版	印　　次	2022 年 9月第 2 次印刷
书　　号	ISBN 978-7-5645-8343-9	定　　价	56.00 元

本书如有印装质量问题，请向本社调换

前　言

自从有了人类，就逐步有了语言的表达。劳动创造了人类，也创造了人类语言。记录人类的劳动和所有活动轨迹，讲述故事是一种很好的方式。女娲补天，精卫填海，夸父追日，愚公移山，嫦娥奔月，都是神话或寓言故事，人们对美好生活的向往从来就没有停止过。

20 世纪 60 年代，在太行山上，发生了一个惊世骇俗的故事，像神话一样，10 万人苦战十年，在太行山的悬崖峭壁，开凿出了长 1500 公里的“人工天河”，这个故事就是红旗渠故事。红旗渠是林县（州）人民在战胜旱魔时所开凿的一项引水工程，而今红旗渠已经不单单是一项水利工程，它已经成为中华民族精神的一种象征，并孕育形成了“自力更生，艰苦创业，团结协作，无私奉献”的红旗渠精神，红旗渠故事已经被世人视为人间传奇，成为现实版的“神话故事”。

红旗渠精神同时也是一种照亮世界的人文精神。当人类面对诸多困难的时候，用什么样的处世态度对待，红旗渠给出了答案和启示。红旗渠故事正是当年修渠过程中，用简单而朴素、顽强而不屈的劳动人民的故事，诠释了红旗渠精神的时代价值，对国内外从事各行各业的劳动者，特别是青少年有着重要而深远的意义。

目 录

矗立在世界东方的精神之碑

红旗渠是著名的水利工程，又称“世界第八大奇迹”“人工天河”。最初修建的时候，名字叫“引漳入林”工程，于1960年动工。勤劳勇敢的10万林县（1994年林县撤县改称林州市）人民，苦战10年，仅仅靠着一锤一钎一双手，硬是在太行山悬崖峭壁上修成了全长1500公里的引水渠道。红旗渠的成功修建，不仅结束了林县靠天等雨、水贵如油的历史，而且孕育形成了红旗渠精神。

红旗渠精神的内涵是“自力更生、艰苦创业、团结协作、无私奉献”。

修建红旗渠的时候，林县人民正经历着最艰难的岁月。

林县地处晋冀豫三省交界，是一个典型的山区县，山多地少，土薄石厚，旱灾年份相对较多，历史上“十年九旱”“水贵如油”“涝歉收，旱则为灾”。据记载，从明朝正统元年（1436年）到1949年的513年间，发生较大的旱灾就有36次，有时连年大旱。

清朝康熙二十九年至三十一年（1690—1692年），连年大旱，人们只能剥榆树皮磨成面吃，许多村庄烟火尽绝，很少见人。在民间广泛流传的一首《剥榆歌》为证：

蕴隆虫虫溪村路，烟火尽绝泥塞户。
路旁老翁携稚儿，手持短铁剥榆树。
我问剥榆欲何为？老翁倚树哽咽悲。
频年无禾兼无麦，数十村落无孑遗。
苍天不管侬衰老，独留余生伴荒草。
三日二日乏饔飧，不剥榆皮何由饱。
榆皮可疗饥，那顾榆无衣。
我腹纵不果，且免我儿啼。
嗟呼！
此榆赡我父若子，且食其皮皮有几？
今朝有榆且剥榆，榆尽同来树下死。
我闻老翁言，嘘唏心如煎。
既相怜兮转相慰，邑宰煮粥命可延。
抚军轸恤情更殷，绘图哀呼叩九阍。
使者戴星驶夜路，拭目蠲租沛特恩。

这首诗歌真实地描述了荒年百姓的苦难生活，读之令人唏嘘。此外，林州还有多处石碑记载了灾荒年人们逃荒要饭、饿殍遍地的悲惨情景。

在封建社会里，一些恶霸趁旱荒大发横财。清光绪三年（1877年）大旱灾，土门村王道召把村上的农民找来，要大家在他地里打水井，打出水共吃。可是打成水井后，他镶上一个扁井口，加盖落锁，声言谁担水，谁出钱，一担水200文，贫民怨声载道，有口难言。东岗乡武家水村一些人仗势霸占水井压迫群众，引起反霸夺水斗争。

新中国成立后，林县人民同旱灾进行了艰苦卓绝的斗争，挖旱井水窖、修水库等，但依然摆脱不了干旱缺水的威胁。1959 年大旱，河水断流，井塘干涸，水库见底，已建成的水渠无水可引，旱灾给工农业生产造成严重损失，有些村庄群众还得翻山越岭远道担水吃。事实证明，仅依靠已建水利设施，还不能从根本上改变林县干旱缺水的状况。

要彻底解决干旱缺水问题，确保人畜吃水和工农业用水，必须再寻求新的可靠水源，但在林县境内寻求新的水源，希望不大，中共林县县委把解决水问题的眼光移向县境外部。

1959 年 5 月 31 日，林县县委书记杨贵和县委书记处书记兼县长李贵、县委书记处书记秦太生向省委书记处书记杨蔚屏汇报工作，谈到林县严重干旱缺水情况，提出到县境外寻找新水源的想法。

最后决定引浊漳河进林县，这就是后来的红旗渠。

新中国刚刚成立不久，资金和各种机械都受到制约。林县人民既然下决心要修渠，就只能靠自力更生，林县人民宁愿苦干、不愿苦熬，宁愿干死、不愿饿死，以“敢叫日月换新天，誓把山河重安排”的豪迈气派，克服了一切困难。

中华五千年的文明史，就是一部自立自强、奋斗不止的自立更生的历史。有条件要干，没有条件创造条件也要干！把不可能变为可能，就是林县人民的本性。林县人民自古就有勤俭、执着、不服输、爱家乡的秉性。自力更生，突破自我，即使遭遇艰难险阻，甚至被逼到绝境，也要顽强地生存发展，执着地向前奋斗，这种性格正是太行文化、中原文化、晋文化、燕赵文化交汇复合而演变形成。

1960 年 2 月 11 日，农历正月十五元宵节，“引漳入林”工程正式动工。各公社按渠道可灌面积投工，民工实行包工定额，把工分介绍回队参加分配；上工地民工自带镢头、铁锨、抬筐，个人没有的生产队负责提供，吃粮食每人暂定一斤或一斤半，民工自带口粮，不足部分由集体储备粮补足，蔬菜由生产队统一送到工地；工具修理由各公社负责，根据人数多少，建立几个工具修理点，各队搜集废钢铁送到工地，供修理点使用；县里还有300多万元资金,用于采购炸药、钢钎、水泥等物料，注意节约，反对浪费。只要依靠群众，很多困难都是可以解决的。

按照这个方针，修渠人没有资金自己筹，没有工具自己造，没有道路自己修，没有建材自己制，缺乏技术自己摸索，英雄的林县人民决定要“重新安排林县河山”，战胜干旱，迎来幸福生活。

林县人民在修建红旗渠的过程中，勤劳勇敢、吃苦耐劳，艰苦奋斗，不畏艰难险阻，有勇于改变现状的雄心、意志和韧劲。

创业是最美的风景，艰苦是最好的磨练，以苦为乐，先苦后甜，最美奋斗者集体在开天辟地的社会主义建设进程中熠熠生辉。

20世纪60年代，是新中国最困难的时期。历史上严重干旱的林县，显得更加困难。面对困难，是低头认输还是埋头苦干？林县人素来就脾气犟，他们发扬“宁愿流血，不愿流泪”的精神，以杨贵为代表的林县县委，选择了埋头苦干，10万民工奋战在红旗渠工地上，以忘我的革命英雄主义情怀，以林县人特有的“犟脾气”，与太行顽石、险峰作斗争，最后形成了独特的“红旗渠脾气”:干得苦、看得远、想得大。

正是靠着这种不畏艰难、敢于拼搏的精神，才成就了红旗渠。

红旗渠作为一项跨农户、跨村落、跨地区的大型水利工程，需要动员数万乃至数十万的劳动人员，需要庞大的物资供应，离不开内部的团结协作和外部的有力支援。

在红旗渠的修建过程中，林县县委充分发挥了总揽全局、协调各

红旗渠通水后农民露出幸福的笑容

方的作用，加上强有力的思想政治工作，实现了渠上与渠下、前方与后方、县内与县外、省内与省外的有效协调，不仅保证了各种物资的供应，而且理顺了各种关系，强化了团结协作，保证了长达 10 年的红旗渠修建工作的顺利推进。

红旗渠成功修建的价值导向，体现的是人性中最美好的东西——仁、义、善，是一种不计个人得失的大局观。为了把漳河水引入林县，林县人民特别是修渠民工的潜意识中出现了这样一种大局观：局部利益、小家利益、个人利益服从于大局利益。在新中国新人新事新气象的鼓舞下，在党员干部、英模人物无私奉献动人事迹的感召下，这些人性中最美好的东西和最高境界的大局观在修渠过程中不断升华。

红旗渠精神，归纳起来就是：有梦想、有抱负、有思路的大理想；

站得高、想得远、干得大的大气派；持之以恒、水滴石穿的大韧力；爱家乡、爱人民、爱事业的大情怀。

永不褪色的当代传奇

很多人走进林县都带着疑问，红旗渠为什么能够在林县修成，红旗渠是在物质条件匮乏的条件下修建的，如果现在修建可以修成吗？那么，在新时代，我们还需要弘扬和传承红旗渠精神吗？究竟应该如何做？

习近平总书记指出："红旗渠精神是我们党的性质和宗旨的集中体现，历久弥新，永远不会过时。"

虽然红旗渠精神产生于 20 世纪条件极其艰苦的 60 年代，但红旗渠精神所蕴含的中华民族自强不息的奋斗精神，所彰显的人民群众勇于开拓的创造精神，所体现的中国共产党人为人民谋幸福的担当精神，仍然具有巨大的现实意义和时代价值。

学习红旗渠精神，我们可以从中汲取力量，履行好新时代的使命担当，以越艰险越向前的斗争精神，走好新时代长征路。

红旗渠精神有个最显著的特点，就是人民性，这也是红旗渠精神最重要、最根本的特点。所谓人民性，就是为了人民修渠、人民自己修渠、渠成造福人民。正是人民性这个最根本的特点，激发了林县人民最高涨的修渠热情；正是人民性这个最根本的特点，使红旗渠精神得到了普遍而广泛的认同。

红旗渠精神的人民性，体现的就是"为人民服务"的伟大和骄傲！

这正是我们中华儿女应该牢记的光荣使命和社会担当！

从1955年开始，林县县委先后修建扩建了淇河渠、露水河渠、弓上水库、南谷洞水库。特别是在决定通过“引漳入林”，从根本上彻底解决好林县人民的缺水问题时，林县县委不仅面临着条件极其艰苦且工程巨大的客观束缚，也面临着工程失败要承担的被撤职、受处分的风险。但他们毅然决定修建红旗渠。

只要一切为了人民，做任何牺牲都是值得的！习近平总书记指出：“共产党就是为人民谋幸福的，人民群众什么方面感觉不幸福、不快乐、不满意，我们就在哪方面下功夫，千方百计为群众排忧解难。”

红旗渠精神还有个特点：群体性。参加修渠的民工总计有二三十万，他们不计得失，不怕困苦，团结协作，无私奉献，展现了

红旗渠工程的主要决策和指挥者杨贵（右一）在工地

实践超越意识的集体觉醒和实践超越能量的集中爆发，诉说着个体与集体至关重要的相互依存关系。正是这种群体性，让不同的人、不同的群体从中找到了价值认同上的“最大公约数”，并将其作为价值坐标。

我们在新时代继承和弘扬红旗渠精神，就是要懂得，心中有责、自强不息、艰苦奋斗是中华民族的优秀传统。习近平总书记强调“幸福都是奋斗出来的”。红旗渠的建成使当年60多万林县人民吃上了水、50多万亩良田得以灌溉。红旗渠成为造福一方的“幸福渠”。其背后靠的正是自强不息、顽强拼搏的奋斗精神。

在任何时候，干任何一项事业，都离不开这种精神。

任何成功都不可能轻易得来，也不是靠空想就能成功的，中国特

修渠大军上太行

色社会主义现代化建设需要集中全体中华儿女的智慧，需要吸收古今中外人类一切文明成果。

红旗渠精神另外一个特点：超越性。红旗渠精神具有超越时间和空间的品性。这种精神生动地诠释了人类的本性，即实践超越性；反映了人类求生存、求发展过程中最基本的精神内核，并且把这种精神内核发挥到了极致。其中“闪耀”的坚忍、责任、奋斗、牺牲、智慧、团结等都是超时代、超国界的，是人类的共同情感、共同精神。只要人类社会存在，这种精神就不会过时。

作为中华儿女，我们都需要有雄心立壮志，在实现中华民族伟大复兴的征程中，发挥自己的聪明才智。

红旗渠的建成，正是这种敢于开新篇、闯新路的创新精神的生动实践。红旗渠全长 1500 多公里，全部由浆砌石块构成。70.6 公里的引水总干渠坡度是 1 ／ 8000，从上游到下游，每修 8000 米才能够降低 1 米，即使用今天的技术也很难达到这个水准。但是在当时缺乏现代技术设备条件支持的情况下，林县县委仍旧决定引漳入林，就在于他们敢于打破“建不成、不敢想”的思维。

在新时代，我们不仅不能丢弃红旗渠精神，而且应该大力弘扬，做好红旗渠精神的传承者，以勇者无畏的豪迈气概，在实现自己的人生理想的同时，为早日实现建成社会主义现代化强国的奋斗目标，奋勇向前。

第一章 叫醒太行

源 泉

一听林县这个名字，一般人会以为是个家家户户房前栽柳、屋后栽槐、林木繁茂的地方。然而历史上，林县却是一个光山秃岭、土薄石厚、十年九旱的穷山区。

林县人民为了改变干旱缺水面貌，曾经做了很多事情，修水渠、挖水库、凿水缸……不断与干旱进行抗争，有时候看似赶走了旱魔，可是，收完麦子以后，旱魔就会一路狞笑着，卷土重来，祸害林县人民。旱魔把林县人民的庄稼旱死、牛羊渴死，把老百姓逼死。千百年来，人们慑于旱魔的淫威，匍匐在它的脚下，祈求、磕头，都无济于事。它就是要一年又一年榨干老百姓的最后一滴血，就是要看他们欲活不能地受煎熬。旱魔不但旱死这一代，就连下一代也不会放过。

林县有一个小村庄，村民柱子就经历了缺水之苦，全家由失望到了绝望。

柱子爹生病了，柱子跑遍了亲戚朋友家，凑到了钱，给爹抓回来一副草药，柱子爹听柱子回来了，有气无力地问："柱子呀，你回来了？借到钱没有啊？"柱子高兴地说："爹，你看！我把药给你抓回来了。大夫说吃了这副药，你的病保管能好！"

"嗯嗯……"柱子的爹看到药包，觉得病好了大半。自己可不能死啊，柱子他娘去世的早，自己一把屎一把尿把柱子拉扯大，要看着柱子长大成人，要给柱子娶媳妇……自己要是死了，留下10岁的柱子就成了孤儿，可咋办呀。

柱子放下药包去舀水准备煎药。墙角的石缸，用来积蓄天上的雨水和冬天的雪，但林县雨水少，这水也就十分有限。柱子记得抓药走的时候自己家的石缸里还有碗口大的一片水，怎么着也能弄半碗吧，可是现在才发现因为天热、空气干燥，缸底只剩下了一点水渍，柱子不甘心，探进去用手摸了摸，只洇湿了一个手指头。

爹在屋里喊："柱子呀，水来了没？"这一问，柱子噙着眼泪对爹说："来啦，来啦。"到屋里揉着眼睛对父亲说，"爹，咱家的水缸干了，我去二叔家寻点儿水去。"

柱子端了平时吃饭的那个豁口碗就出来了，踩着坑洼不平、一走路就荡起一溜灰尘的小土路，走向村东头的二叔家。

二叔家的小三发烧了，被二婶抱在怀里，额头滚烫，嘴唇都干得起了皮，有气无力地说："娘，我渴……"二婶就赶紧用小木勺舀起半勺水，给他灌嘴里。旁边几个娃都眼睁睁地看着小三喝水，他们眼睛跟着勺子，勺子到小三嘴边了，他们几个都张开了嘴。水倒进小三嘴里了，可他们每个人都伸长脖子吞一下口水，仿佛水流到了自己嘴里……看到这些，柱子没敢说借水的事儿，端着空碗扭头走了。

全家人都在围着生病的小三，有的担心，有的惦记他身边的水。

突然，红彤彤的火光照红了一家人的脸，灶房起火了！大家赶忙跑出去，看到火苗吐着一尺长的舌头，由于没有水灭火，只能用土压，土也压不灭，最后眼睁睁地看着仅有的三间草房化为灰烬，一家人哭声震天……

柱子跑了好远的路才攒够了一碗水，端着这碗救命的水，回去给父亲煎药。一进门儿，他愣住了——爹等不到药，已经去世了！柱子手里的水碗“啪”地一声掉在地上，摔了个粉碎，水洒了一地，全村人都听到了柱子嚎啕大哭的声音。

难道林县人民就要这样祖祖辈辈受命运的摆布吗？不！林县人宁愿苦干也不愿苦熬！

顶着毒辣辣的日头，林县的南、中、北行走着三路人马。他们戴着柳条编的帽子，穿着解放服，背着干粮，军用水壶因为水少，在晃晃荡荡地响……

他们是谁？

他们是去搬救兵和旱魔战斗的吗？

可是哪里有救世主，哪里有能战胜旱魔的活神仙？

谁能救下全县的老百姓？

中路人马沿着淅河往上走，他们翻山越岭，走了几天几夜，终于走到了淅河的源头，可是，淅河是一条季节河，根本没有引水的希望。

南路人马沿着淇河走，和第一路人马得到的结果是一样的。

北路人马沿着漳河往上走。这里山高路陡，沟宽谷深，带队的是一位身材高大、神情坚定的男子，浓眉毛，大眼睛，神情严肃，他就是林县的县委书记——杨贵。杨贵也穿着解放服，戴着一顶解放帽，帽子外有一圈柳条编的帽檐，长长的柳叶可以遮阴。脚上穿着一双黄

“人工天河”红旗渠

胶鞋，目光是那样坚定，步伐是那样矫健有力，他要带领几万林县人民勇往直前。

漳河是河南、河北两省的界河，在林县北部浩浩荡荡地流过，河对面就是河北省涉县。他们沿着漳河往上游走。数不清过了几道山，忘记越过了多少沟，走得精疲力尽的时候，忽然听到了一种声音，一种干旱山区从来不曾听到的声音。这声音如雷声轰鸣，如狂风怒吼，又好像万马奔腾……这是什么声音？大家用目光互相询问，然后有人跑去看，第一个跑到的人，惊喜地叫起来："杨书记，你快来看！水！水呀！"

"杨书记，好大的水！"

"真的是水啊！杨书记。"

果然好大的水！

一条大河，水势汹涌而来，无拘无束，肆意奔放，挤着、扛着、翻着跟头、打着滚儿，奔涌到崖边，顺势哗哗泄下，气势宏伟。

水汽扑面而来！水沫儿都溅到了人们因干旱而缺水的脸上，凉丝丝的、湿乎乎的，水沫儿继续往脸上溅，人们舍不得把它抹去，就让水在脸上多呆一会儿吧，一连几天，脸都没见过水了。鼻腔也湿乎乎的，真舒服！大家甚至不由自主地张开嘴，让水沫儿往嗓子眼儿里喷。河水打湿了衣裳，他们愿意；河水打湿了鞋子，他们高兴！

找到了老乡，杨书记问："老人家你好啊，这水平时大不大？"

老乡说："水大了去了！现在的河水还不算大。要是六月天，再下上一场雨，这水就更大了，能有现在的几十倍，水头下来，房子那么大的石头，都会被它冲走。"

"我们那儿缺水，我们是来找水、引水的。"

老乡说："赶快引吧！水势太大也是祸患啊。这条河沿途一直有水源加入，等它汛期发作起来，不是冲了庄稼，就是冲了房子。”

原来这条河叫漳河，就是“西门豹治邺”故事中的那条河。当时漳河泛滥成灾，巫婆们便借着水患兴风作浪，说河伯生气了，所以淹了庄稼、冲了房子，要是能每年给河伯娶房媳妇儿，河伯就不生气了，就能风调雨顺。官绅与巫婆勾结在一起，趁机收老百姓的钱，甚至把年纪轻轻的女孩儿淹死在河里，说是为河伯娶媳妇。西门豹来到这做官后，就开始治理水患和巫婆，百姓才得以安居乐业。

“老人家啊，我们想引水，您老觉得这事儿能成不？”

老乡说：“能成！咋不能成！漳河下游水多成灾，你们能把水引走，下游的老百姓就不遭灾，你们也有水了，这是一举两得的好事啊。”

修渠大军上工地，县委书记杨贵（右一），县长李贵（右二）

杨书记再次落实，说："真像你说的，水量有那么大？从来没有干过？"

"我活了70多岁，从来没见过河干，只见过涨河。"老人说。

杨书记的水源调查组经过认真调研，回来后又开会研究，最后做出了一个改变林县缺水面貌的历史性决定：引漳入林！

这是一个宏大的工程，这是一幅壮丽的蓝图。它将把漳河拦腰斩断，然后劈开太行山，让漳河水穿山越岭来到林县的坟头岭，再从坟头岭修建三条干渠。这项工程一旦修成，全县百分之八十的土地都能得到灌溉，林县将永远结束干旱缺水的历史。

1960年开始，用了10年时间，10万林县人民凭着自力更生、艰苦创业、团结协作、无私奉献的精神，修建起1500公里长的人工天河红旗渠，林县人开始走上了建设幸福家园的道路。

会响的"煤饼"

1960年，修建红旗渠的时候，仅仅是通过石子山，就一次性用炸药2125公斤；为了劈开红石崭，放了两个连环大炮，其中一个连环炮装药合计12000公斤。

仙女峰上，一连打了37个炮眼，在37个连响中，太行山也颤抖了，连漳河都打了几个哆嗦，这得需要多少炸药？

红旗渠的建成，仅仅山头就削掉1250个，像石子山那样，一个炮眼装几千斤炸药的开山炮，在红旗渠工地上可不仅仅千百个。这么多炸药哪里来？国家供给的数量很有限，所以就得买。

若是去买，有两个困难，一是没钱，二是厂家没货。

先说第一个困难。1955 年，林县就开始修渠、水库等各种水利设施，资金消耗得也很厉害。红旗渠工程上马的时候，引漳入林工程总投资 7000 多万元，林县财政不足 700 万元，这 700 万元也不可能全部用来修渠，还要维持全县的正常开支。

但是，再没钱，也得用炸药，俗话说："要想马儿跑，马儿得吃草"，"要想汽车跑得快，就得给汽车添加燃料"。

第二个困难，是外因，厂家没货。1959 年、1960 年和 1961 年，是新中国最为困难的三年，是全国人民"勒紧裤腰带"的三年，那时候国家实行计划经济，各个大型企业的所有产量都是按计划实施，很难买到大量额外的物资。也就是说，即使拿着钱，也不一定能买到。

一边是需求量巨大，一边是没炸药可买，左右为难。

修渠民工叮叮当当打炮眼，一锤一锤地打。打好炮眼后，眼巴巴地等着装炸药。仓库保管员却说："没货了！"这怎么行！

林县人民是英雄的人民，一不等、二不靠、三不伸手要。买不到炸药，我们就自己造！

自己造，靠谱吗？其实炸药在中国起源很早，家族也很庞大，和炸药有关的故事也有很多。

抗日战争时期，山区的老百姓曾自己用炸药制造土雷，去对付侵华日军。

也就是说制作炸药起步很早，也没有失传，但威力并不大。这能用在我们修建红旗渠时劈山开渠吗？

这是个问题。

太行山区是革命老区，在抗日战争和解放战争中，山区人民都学会了做炸药、砌石雷，现在要修建红旗渠，老年人一听就来劲儿，又把一硝二磺三木炭的技术传给了年轻一代，年轻人又根据新要求加上新技术，优化了土办法。

1960 年 3 月，总指挥部从各公社物色了制造炸药的能工巧匠，在卢家拐村办了一家炸药厂，在马和朝和张太生的努力下，第一批炸药试制成功了！

总共 56 斤！

这是零的突破。“有小不愁大，有少不愁多。”有了第一次就会有第 2 次、第 100 次……能制造 56 斤，就能制造 560 斤、56000 斤……

自造炸药主要有两种，其中一种是硝酸铵与可燃物混合炸药。

传统方法配比是“一硝二磺三木炭”，有的社队把分配给自己的硝酸铵肥料运到工地，试用掺配锯木沫、煤面或牛粪，制造土炸药。在不断的实践和摸索中，不断调整各种物质的配比，找到了最适合的配比方法，使用中发现，锯末和谷糠都可作为可燃物，但谷糠效果略差，多采用锯末作为可燃物。

8 月的一天，一阵一阵的风带着草木的清香吹过来，瓦蓝瓦蓝的天空飘着一缕一缕的白云，不知名的鸟儿正从天上飞过，午饭前，副县长马有金带人到泽下工地实验用煤饼做炸药！

这像是在湖中投下一块大石头，惊起了正干活的制炸药老手。这能行？

“煤饼能做炸药？”

“要是能，那才是太阳打西边出来。”

“装上煤不会起啥作用，这是胡出洋相。”

“煤要能当炸药用，就不用建炸药厂啦！”

…………

大伙一边不服气地嘟囔着，一边又迫不及待地想看结果。

炸开山头填深谷

在他们张望了无数次后，终于要点炮了。只听“轰隆隆”几声，“煤炮”炸响了！

快来看看结果！

每斤炸药平均崩3.14方！比原来炸药提高工效50%！

“咦？还真行！”

看到这些，泽下炮手心服口服地说：“开始马县长来放煤炮，虽然我嘴上没说，心里却总认为起不了什么作用，是出洋相的。实际参观后，改变了我的思想。”

煤炮迈出了第一步，这才只是小试牛刀。

后来，全工地遍地放起了煤炮，每方平均0.46元，和以前相比，每方节约0.66元。民工们很快编了顺口溜：“煤炮好，煤炮好，花钱少，工效高。工地添了一件宝，今后修渠离不了。”

城关工地率先在马副县长的直接指导下，大力开展放煤炮，工地有13个老炮，共装炸药3300斤、装煤14250斤，崩石头26000方，节约炸药6350斤，折合人民币6000多元。

接着，工地遍地都放起了煤炮，一个月就节约人民币10万多元。

无数实验证明：煤炮是一种省药、省钱、高功效的放炮方法。

后来这个自力更生造炸药的经验在红旗渠工地上被大力推广。

人尽其才，物尽其用，只要使用得当，煤饼也能发出惊天动地的响声。整个红旗渠工程共耗用炸药2740万吨，其中有1310万吨自己制造，仅炸药、雷管，就节约资金145.8万元。

一夜建成“林红庄”

我们随便打开一本介绍当年修红旗渠的书，常见这样的句子：“蓝天白云做棉被，大地荒草做绒毡，高山为我站岗哨，漳河流水催我眠。”

20世纪60年代，林县修渠人选择了住这样的房子，却不是因为它的美丽，而是因为这样的房子建造快、省工省料，不用木头、石头、砖瓦，不用瓦刀、铲子，只要一把洋镐就足够了，只要一晌的工夫就可以成为“有房一族”。

这到底是什么样的房子呢？

自从县委发出攻坚鸻鹉崖的号令，请战书就像雪片一样飞到县委办公室的案头，短短六七天的时间，就有15000人报名参战！县委从报名的15000人里选出了5000名精壮劳力做“精兵”，编成15个突击队，开赴鸻鹉崖工地。

鸻鹉崖是位于山西境内总干渠的一处山峰，地势险要，悬崖又高又陡峭，当地人说只有勇猛的鸻鹉能飞上去，所以叫鸻鹉崖。

9月中旬，太行山上枫叶红、栌叶黄；山下的漳河呈现出青绿色，向一望无际的东方流去，在水天相接的地方，还有一个大转弯；偶尔有老鹰从山顶滑翔到河的上空；鸻鹉崖铁青着脸、勾着腰，俯视着林县民工。

5000名民工到来后就紧张地做长期战斗的准备：垒砌锅灶，勘查地形，划分工作段，第二天一早就要上工。

从来没人居住的山崖下，“呼啦”一下来了5000人，没有村庄和房屋，晚上住哪儿？大家都把问询的目光投向副县长马有金。

老马不言语，叉着腰站到一块山石上，向周围转圈一看，就跳下山石，拿起一把洋镐，走到一个地方，上下左右一番相看，就弯下腰，抡起镐头，一镐头一镐头地挖起来，这是干什么？有人看懂了，也学着他的样子去找地方了。

仅仅一个多小时，马有金就挖好了一个洞，山上有一人高的黄蒿草，割一大捆回来，往洞里一铺，再把铺盖卷往里一扔，干完这些，马有金拍拍手，说 :“好，很好。”就这样，红旗渠总指挥长的住处就算有了着落。

当记者来找马副县长的时候，到了他的窑洞外，只见洞外竖着两捆干草，这是黑夜用它挡风遮雨的，洞口又小又低，人弯着腰才能爬进去。在地上，铺着一层从山上割来的草，草上就是睡觉的铺盖。这就是红旗渠总指挥长住的“总指挥套房”。

所有人马上行动，自己找地方，查地理看环境，有的找山崖，把山崖掏大，一出山崖就能站在高高的太行山上看风景；有的在河岸上，宽阔，能看见远处的房子像个火柴盒那样大小，背靠大山，面朝漳河。

山崖不够住，还有青石板！常年的雨水冲刷，这些裸露的石板干干净净，太阳晒得热乎乎的，有的平展展的，有的略倾斜的，连枕头都省了。土生还即兴给大家讲了一个故事——《萧何月夜追韩信》，说当年的淮阴侯也睡过这样的倾斜大石头。大伙一听，嗬！原来我们睡的地方，是有故事的呀。

一座座简易的山崖挖出来了，一个个石头床铺好了——有的有席棚，有的没有，一个个铺盖卷相继展开，“家”就安好了。山崖窑洞是袖珍型的，像“胶囊”，像“蛋壳”，不能翻身，不能伸懒腰，不然就会碰住头，能挡一点风，但不能保暖；“石板铺”就宽敞多了，能伸腰，能蹬腿，能大翻身，能坐起来，能听到漳河水“哗哗”的歌声，能看见暗蓝色的天空中闪闪的星星。

有了5000人，修鞋的、补衣服的、捻钻的等也都来了，俨然就是一个村庄，是村庄就得有个名字啊。有的说可以因地起名，大家仔细观察刚刚住下来的这片山岗有什么特色，不看不知道，一看吓一跳，原来这是片乱坟岗子——因地起名这方法不成，总不能叫“乱坟岗子”吧？

大家争来争去，没有统一的名字，后来马副县长一锤定音，说：“这是林县人修建红旗渠的村庄，干脆叫‘林红庄’吧。”大家觉得这个名字挺好，既有特色，还接地气，而且好听好记。于是有人就在一块大大的石头上工工整整地写下了“林红庄”三个字。

领导去开会，回来的时候有人问：“今晚住哪啊？”领导大声回答：“林红庄！”

从此，这个村庄有名了，又因为这里住的是修鸽鹉崖的“精壮部队”，“林红庄”的名字就越叫越响了。今天，石头上的字还依稀可辨，当问起“林红庄”时，修渠的老人就会咧开没牙的黑洞洞找不到舌头的嘴笑着说：“记得记得，怎么会忘掉呢。”

鸽鹉崖大会战胜利结束后，人去村空，“林红庄”就只剩下房子了，现在还能看见当年的窑洞遗址、山崖故地。

这些“村庄”虽然都是一夜间匆匆建成的，但当年拥有火热激情的修渠民工们在这里劳动、生活，大家对这些村庄有着深厚的感情。如今，林红庄人去村空，却仍旧在默默讲述着红旗渠修渠人自力更生、战天斗地的豪迈往事……

晚上就住“清凉宫”

“清凉宫”，是和“林红庄”齐名的林县修渠民工居住的又一处大型“宫殿”。

“清凉宫”有多大？渠有多长，宫殿就有多大。

1960 年的正月十五，一天之间，3.7 万人涌到红旗渠工地。

城关公社的民工在上工地的路上，问带队的公社领导晚上住哪儿，领导说：“咱们住在清凉宫。”

“清凉宫？”这名字挺吸引人，大家叽叽喳喳议论开了。有人说，太行山南边有王莽撵刘秀的洪谷山，北边有寨门沟、有高欢避暑宫，说不定，他们中间的哪个山头就修建了个清凉宫呢。

“天呐，我们不会是住高欢避暑宫吧？高欢可做过皇帝呀。”

“想得美！避暑宫是热天避暑的，现在还是正月，避什么暑啊？”

那清凉宫会是什么样的？大家一致认为：名字起得这么好，肯定是又美丽又特别。

有的想象成土坯房组成的院落，冬暖夏凉，背风向阳，红色的瓦顶，洁白的麦秸泥外墙，蓝色的镶砖门窗，窗下种了好大一棵月季花，春天来了的时候，像牡丹一样好看。

有的想象成一大片的窑洞群！那更好啊，黄土高原的人都是住窑洞，也是冬暖夏凉，毛主席当年在杨家岭就是住的窑洞呢！可是，老百姓有没有窑洞呢？如果有，能不能容下我们每个人呢？大家赶紧问领导，清凉宫有多大？领导爽快地回答：“能住下我们每个人！”

有的想，它一定是个很大很大的山洞！林县自古就是“兵家必争之地”，要是有几个能容纳几百人甚至几千人的大山洞，不是稀罕事，那算不算“清凉宫”？

算！肯定得算。

大家满怀期待地走向太行山，走向心中的清凉宫。想想看，白天修渠，晚上住宫殿，夜晚枕着美好的故事入睡，这是多么惬意的一件事情啊。

当天晚上，大家走到了一个山崖下，在一个比较平坦的石板旁，领导讲话了，说：“同志们，清凉宫到了。”

大家很高兴，往左看看，没有房子；往右看看，也没有房子；往下看，是山、是河，没有房子；往上瞅瞅，是高高的大山，黛黑色的山峰突兀着，没有一点人工垒砌的痕迹，难不成，我们到了宫殿的下面，所以看不见了？

领导发话了：“就在这儿住吧。刮着微微的山风，看着明亮的大月亮，太行山给咱站岗，漳河给咱唱曲儿，这不是宽敞又清凉的宫殿吗？”

哦，原来就是露天宿营。清亮亮的元宵节大月亮管照明，漳河水哗哗唱歌给咱们听，太行山风来作伴。

民工们就说说笑笑地在漳河边的这块平地上打地铺，天当被，地当床，头下枕着自己的膀，男的睡左边，女的睡右边，中间有一对夫妻是隔离墙。

清晨，早春的风拐着弯钻到大家的脖子里、怀里、脊背上，腿上，每个人尽量蜷缩起来，以减少风的“抚摸”。可风没脸没皮，赖着不走，还无孔不入。既然睡不着，索性睁开眼睛，于是就看到了苍茫的天幕，哪里有星星？星星好像都闭上了眼睛，逗着民工看它们睡觉。

“清凉宫”非常好客，常常自作主张把小雨、北风甚至雪花邀来做客。小雨要是一进来，民工就没地儿睡了，只好找个没雨的地方，抱膝坐到天亮；天气好的时候，蚊子也常常组团过来和民工做游戏，让民工睡不着觉，民工睁开眼睛，数着深蓝天幕下一闪一闪的星斗。

修渠民工住在山洞中

红旗渠工地上，各个公社基本都是这样，或山崖，或山洞，或石缝，找不到的，就露天住宿了。民工自编歌谣唱道："天当被，崖当床，青石板上度时光，我为后辈修大渠，水不引回不还乡。"

东姚公社的民工里，有几个姑娘，最小的15岁，不会挖洞，又不愿睡在露天下，当晚就住在废弃的墓道里。

修渠人就住在这样的地方，十年如一日，直到红旗渠修成。他们一心只想着修好红旗渠，从来没有人为住得差而抱怨。正是这样的顽强奋斗精神，才有了今天闻名世界的红旗渠。

葫芦挑水的少年

早上，太阳徐徐冒出山头，变幻着的红色霞光，投射到那弯弯曲曲的山脊线上，勾勒出一幅壮美的朝霞太行山居图，新的一天开始了！

山路上，一个七八岁的孩子挑着水，和他的爹爹一起走在回家的路上。

"慢点！你慢点！可千万要小心啊，葫芦是经不起磕碰的，要是磕破了，水就漏完了。"这是父亲在叮嘱儿子。是的，这个孩子用葫芦做水桶，挑了一"担"水，别看年龄小，可"有志不在年高"，他小小年龄就已经知道给父亲减轻负担了。

他套着改小了的大人衣服，穿着一双脚趾偷钻出来的粗布鞋，麦色的脸蛋上，一双黑眸子的眼睛，闪着倔强的光芒。

山路弯弯曲曲，高低不平，又窄又陡，他走得磕磕绊绊，葫芦水桶也跟着摇摇摆摆，时不时地想碰到路边的石块，要不就想撞到前面的山路，于是父亲在他身后焦急地喊着，只因为这里的水似黄金啊！

林县十年九旱，水贵如油，可抛洒不得！挑水来回十里路，就是空手走一趟也够孩子受的。怎么能怪孩子呢？不是怪孩子，爹爹只是心疼水。心疼水的概念在心里根深蒂固。孩子并不恼，听了父亲的话，咬着干裂的下嘴唇，眼里露出不服输的眼神，用甩着的左手来帮忙，又往后移了移肩上的钩担，终于找到了一个平衡的点，晃晃悠悠、前前后后地走着。

他叫张买江，家住小店公社南山村，村名叫南山，可真是名副其实的“难山”。历史上，从古至今没有一口活水井，一遇到干旱就得到离村五里的康街去挑水，甚至到离村十里的万泉湖去挑水。小买江虽然年龄小，但在家里是老大，弟弟妹妹们还太小，妈妈要照看弟弟妹妹，他愿意帮爹爹挑水，帮爹爹分担一些负担。虽然家里穷，总是吃不饱穿不暖，但只要能帮父母干点活儿，他就很高兴，就觉得自己是个小大人，他要做个对家庭有用的人。

路上的人见了，纷纷夸他：“这孩子真懂事！”

“哎呦，您真有福气呀！养了个好儿子。”

“嘿，长大了一定更能干！”

…………

爹回应着：“是啊，是啊，孩子懂事了。”

“嗯，嗯，有福，养了个好儿子。”

“对、对，长大了一定更能干。”

…………

听着这些，小买江心里美滋滋的，觉得腿上越来越有劲儿了。生活的重担压着他稚嫩的肩膀，而他毫不犹豫地接下了这副担子，没有喊疼，没有叫苦，没有不情愿。他是个踏实、肯干的孩子，心里只有一个不服输的念头：爹能做的，我也能！

“困难像弹簧，看你强不强，你强他就弱，你弱他就强。”对于小买江来说，挑水的艰难路程强健了他的体魄，锻炼了他的意志，也培养了他顽强的性格。

他的脑海里常常有各种各样的问题：

“为什么我们需要跑这么远的路才有水吃？”

“为什么父母每天辛辛苦苦地种地，种的庄稼却填不饱肚子？”

“为什么家家户户都要挑水，就没有别的办法吗？”

“能不能想个办法，把水引到我们家呢？”

…………

小买江脑子里有这么多为什么，总是找不到答案，但在他心里有了一个心愿，将来总有一天，我一定要让家里人有水吃！父亲给他取名买江，恨不得买下一条江！这名字寄托着像他一样的山区百姓对水的无限渴望。

1960 年 2 月 10 日晚，家家户户都站在小喇叭下侧耳倾听，啊！要修渠了，要引漳河水到林县了。“引漳入林”，人们牢牢记住了这个名词 。一听说要修渠，大家都欢呼雀跃，渠修成后，水就能从咱们家门口流过，能洗菜、能洗衣，旱地就全部成了水浇地，再也不用起五更来回跑 20 多里去挑水了。全县的人们沸腾起来了，村村户户煤油灯彻夜亮着，大家都摩拳擦掌，各自做着修渠前的准备。

小买江家也不例外，张爹爹会多种手艺，大队研究决定让他在家里搞生产，可他不同意。他说：“眼下修红旗渠是头等大事，哪里艰苦就到哪里去，我是个石匠，更适合在工地上发挥作用。”2 月 12 日，他背上装满锤钻墨斗工具的帆布兜，和村里人一起赶赴红旗渠工地了。

“哪里艰苦就到哪里去！哪里更能发挥作用就到哪里去！”这些

话，像种子一样种在了小买江的心里。小买江羡慕自己的爹爹，他拉着爹的衣角依依不舍。他憧憬着不久的将来就有一条河流到村边，到那时候想怎么洗脸就怎么洗脸！

转眼到了5月份，一天夜里，一阵杂沓的脚步声，受惊的鸡叫声划破了夜晚的宁静。不好，有人偷鸡！小买江一骨碌爬起来，趿拉着鞋就往外跑，正好迎见几个人朝他家走来，带头的是舅舅，和舅舅一起来的全是大队干部。这是怎么了？大队干部夜里来干什么？他们不是在修渠的工地上吗？

他们带来了一个坏消息，爹出事了，因提醒别人躲避危险，自己没能及时跑远，不幸被石头砸着了……遗体已经拉回来了。

爹牺牲之后，公社和大队给了小买江家很多照顾，但是买江娘很要强，不愿意依赖政府和大队。

爹走后，秋冬的一天，买江娘担着一副空桶，赶着毛驴，到十里外的万泉湖去取水，结果在万泉湖边的斜坡上不小心被人挤了一下，“扑通”一声就掉到了水里，幸亏湖边的人及时把她救了上来，才没有闹出人命，但是身上的衣服全湿透了，又没有衣裳可换，买江娘就一路穿着湿漉漉的衣裳回了家。

小买江放学以后听说了娘的遭遇，又害怕又心碎：如果娘因为取水一去不返，姊妹五个可怎么活呀？当老大的不能为母亲分忧，他惭愧、自责、不知所措。他想爹，有爹在，就不用娘去取水了；有爹在，他就能修渠，修好了渠就有了水，就再不用娘来回二十多里路去取水了，也就不会掉到水里了。

可是爹牺牲了，这一切都成了泡影……他想来想去，一个念头渐渐清晰：爹能挑水，我也能；爹能修渠，我也能！

娘看出了他的心思，说：“买江，娘有几句话对你说，你爹没把渠修成就走了，你去接着修。”小买江说：“娘，我也是这么想的。”

1961年的2月18日，农历正月初四。买江娘把买江爹留下的工具挂到小买江肩上，说：“孩子，去吧，不修成大渠，你就别回家。”小买江眼睛噙满泪水，点点头，这时，距离用葫芦挑水已经过去了六七年，他觉得自己已经长大了，该是挑重担的时候了。就这样，当年用葫芦挑水的孩子走上了修渠的工地，那一年，他13岁。他没忘记自己的心愿：一定要让家里人有水吃！这也是千千万万的修渠人的心愿。就是怀着这样朴素的心愿，小买江踏上通往工地的路。那时候离工地有120里，小买江像大人一样，毫不犹豫地徒步走上了工地。

当时，谁也没有想到，他这一去就永远和红旗渠紧紧地联系在了一起。

红旗渠工地，所到之处，人喊马嘶，热火朝天：推石头的、垒渠岸的、打扦的……叮叮当当、争先恐后，小买江看得摩拳擦掌。然而，到了那里，人家不收，还要撵他走。“你这么小，还是个孩子，起早贪黑的工地上，你能干啥呢？”小买江不走：“我娘支持我来！还说了，不修成大渠别回家。我什么都能干，我七岁就会用葫芦挑水！”有人竖起了大拇指：“英雄的儿子，没有孬种！”连长终于同意了：“那就留下吧，和泥需要水，你挑过水，你就先挑水吧。”小买江手舞足蹈，终于能参加修渠工作了。

可是很快，连长就变卦了，又不叫他挑水了，小买江不服，和连长理论：“为什么呀？”连长说：“我听说了，你的胳膊受过伤，还没有好利索，得给你换个轻一点的活儿。”小买江不干了：“我胳膊受伤，又不是腿脚受伤，挑水又不用胳膊，我能行！不信？咱就走着瞧。”

工地规定每天14担水，小买江为了能留下，空桶时一溜小跑追赶别人的脚步，一天14担，一点也不落下。整整挑了七七四十九天，把带来的两双新鞋都磨透了底儿，脚底板上磨出了血泡，后来成了厚厚的茧子。可小买江从没有叫苦叫累。小店公社的工地上，大家都记得这个瘦小的身影，这个不服输的挑水少年。

民工锻石头的时候，钻头磨损得很厉害，需要经常到铁匠铺去修理——捻钻，连长觉得小买江人小、身轻、跑得快，就让他把钻往铁匠铺里送，捻好后再拿回来。小买江果然不负众望，跑来跑去，速度很快，还学会了给钻头淬火：火红的钻头像极了火红的小蛇，只见它“唰”地钻入水中，随着“滋滋滋”的响声，一股白烟冒出来，待上几秒钟，再把钻头拿出来，钻头已经成功冷却，颜色也由红变黑了。淬火能让钻头变得更硬。他有点看呆了，铁匠师傅像是自言自语，又像是语重心长地说：“人和钻头一样，只有经过淬火的洗礼，才能更加坚强。”小买江似懂非懂地点点头。

这工作干得好好的，可是小买江不愿意了。他不想这样“小打小闹”，他想干大事儿，那时放炮是工地上的“主角儿”，作业面都是炮崩出来的；放炮还威风，一炮下去，石裂山倒，更刺激、更有意思，于是小买江想学放炮。但他已经懂得“未雨绸缪”，觉得连长很可能会嫌他小而不同意，所以他就先做了“功课”，一有时间就找有经验的炮手郭毛学习技术。经过一段时间的学习，小买江逐渐掌握了放炮的技术，就找连长要求当炮手，连长连连摇头，不屑地说：“你是个孩子，放炮是大人的事。”小买江就求郭毛说话，郭毛对连长说：“别看这孩子年龄小，可心眼机灵，腿脚又快，放炮肯定能成。”连长见炮手都说得这么肯定，终于答应了。

炮手需要胆大心细，时刻不能马虎。小买江心灵手巧、认真负责、腿脚勤快，在当炮手期间从来没有出过事，还学会了怎么节约炸药、做各种放炮的记号标记、做炮捻、控制放炮速度的方法、响炮时数炮、防哑炮的方法、排除哑炮的方法……

1966 年 4 月 20 日，红旗渠修到了南山村。南山的老百姓再也不用到 20 多里外的地方挑水吃了，再也不担心辛苦劳动一年粮食不够吃了，再也不用羡慕有水的村庄了——因为自己门前有了一条河！

张买江，这个从小往返 20 多里用葫芦挑水的少年，第二天一早，第一个从村里的池塘里，挑了一担幸福水……

河南日报社的张一弓正好碰上，就拍了一张照片，后来，张买江挑幸福水的照片刊登在 1991 年 3 月 13 日的《河南日报》第三版上。这张黑白照片，成为永久的幸福见证。

张买江从村里池塘挑水

神炮手“常根虎”

太行山上，天气晴朗，空气通透，红旗渠工地在拍电影，电影摄制组计划拍一组开山放炮的镜头。

一声令下，炮手开始点炮。随着天崩地裂的声响，石头像炮弹一样射向天空，然后又“咚”“咚”掉到地上。一块块高高飞起的石头在摄像机前不远的地方重重落下，震起一片片尘土。

所有人的心都提了起来。但有一个人，却是胸有成竹，气定神闲，他就是给摄像机选位置的常根虎。

常根虎不满 30 岁，家是姚村公社寨底的。他从 1958 年起就在南谷洞水库担任炮手，随后又在红旗渠工地担任炮手，装药放炮数以万计。

怎样打炮眼更合理，效果更好，怎样用最少的炸药炸出最大的土石方，怎样加快进度，他都门儿清。

比方说这次拍电影，既要拍出乱石穿空的震撼效果，又要保证安全。机位放得远了，安全但效果不好；放得近了，效果好但不安全。如何既安全又效果好，这就难了，谁也不敢乱定位置。后来，有人提议找常根虎。

“实践是检验真理的唯一标准。”事实证明，这个位置非常好，既拍出了想要的效果，又保证了安全。拍完后，摄影师不禁竖起大拇指：“真可以！了不起！”

常根虎放炮很有一套。他熟悉炮，就像熟悉自己的五根手指头。他还发明了拐弯炮、平炮、斜炮，以及各种作用不同的小炮、大炮。

在山西省境内，修渠需要炸掉一个山头，可是，旁边有一个小村庄，离山很近，放炮怕给人家房子震塌。炸又不敢炸，不炸又过不去，咋办？

这时候，有人想到了常根虎。于是，马有金副县长就把常根虎请了过来。

常根虎在山上转了一圈儿，了解了山的大小、高度，与村庄的距离，最后仔细分析，慎重地说："可以放炮崩，一炮就中。"马副县长问："真的可以？不会伤到老百姓的房子吧？""伤不到！"常根虎信心十足。

常根虎向马副县长解释说，放炮施工中，是打个拐弯儿的炮，还是打个斜炮，各有各的优势，各有各的效果。

"那这个怎么炸？"马副县长问。

常根虎回答："我挖个'瓦缸炮'，也叫'坠地瓮炮'，口小肚大，再往里拐个弯儿，叫它往里吃劲，再牢牢地瓷好口儿，保证不会伤害到那些房子。"听他这么说，马副县长同意了。

真是三百六十行，行行出状元。

常根虎又到山上转了一大圈儿，定好一个位置，就在那儿打了炮眼。炮眼打好后，随着"轰隆隆"一声闷响，这个山头被炸掉了。硝烟散去，人们惊奇地发现，山旁边的村庄安然无恙。更神奇的是，离山体仅两三米远的那栋房子，只是随着炮声轻微晃了晃身子，浓烟散尽，它却依然稳稳地待在原地。

常根虎从此一炮成名。有人说他是"神炮手"，有人叫他"定向爆破专家"。所以这天给摄像机找位置，人们很自然地就又想到了常根虎。常根虎果然不辱使命。

正是红旗渠上无数次的锻炼，才涌现出一批像常根虎这样的优秀炮手。

"神炮手"的"神"，还有"神奇"的意思。

有一次，在白家庄村北放炮，他像往常一样打好炮眼，装好炸药和雷管，然后就去点炮。那天的导火线可能出现了一点状况，在常根虎还没有跑出来的时候，炮就响了。他随着山石滚了下去，人们呼喊着跑到山崖下去找，本以为常根虎已经牺牲了，没想到他只是受了一点轻伤。杨贵书记知道了这件事情，来看常根虎，还要为他改名字。这是怎么回事呢?

原来，常根虎在家排行老五，原名“常根吾”。

杨贵书记说：“你大难不死，生猛如虎，是太行山上一头小老虎，你干脆叫‘常根虎’好了。”神奇的经历让他从此有了“常根虎”这个威风凛凛的名字。

神炮手常根虎

1966 年 4 月，三条干渠竣工通水典礼上，他被评为“红旗渠建设特等模范”。

红旗渠上“空运”忙

在河顺营工地上，一筐筐石灰、一桶桶河水从漳河北岸“起飞”，随着“吱吱扭扭”的响声，被空运到了施工现场。

土法上马的红旗渠工地上有空运线，就是件新鲜事儿，至少在 1960 年的林县还是件新鲜事儿。

分指挥长刘银良带领 3000 多名河顺营民工住在漳河对岸的马塔村。每天早晨，“嘀嘀哒”的起床号一响，民工们一骨碌爬起来，赶紧洗脸，喝野菜粥，吃窝窝头，做着上工前的准备工作。太阳还没有升起，水面上还有蒙蒙的一层薄雾，刘银良已经带着大家扛着工具跨过漳河去施工。几千民工渡漳河，场面极为壮观。后来为了方便施工，他们就把三四根木梁并在一起，两头搭在石头上，在河上架起了三座木桥。这桥尽管很简陋，但是解决了大问题。

打钎、放炮、崩石头，一切按计划进行。他们与另一个公社的对手比赛，一刻也没有停止。这一会儿，优胜红旗在河顺营手里，可是对方干劲儿很大，立誓要抢过这面优胜红旗！刘银良他们必须保证进度，顺利完成任务，才有可能保住红旗。

可是有一次，优胜红旗差一点儿就被对手夺去了。

漳河一发水，他们辛辛苦苦搭建的木桥，三座被冲走了两座。

3000 多人要过河，修渠所需要的施工物料要运到对岸，一座窄窄的小木桥怎么行？这分明就是卡了脖子。任务完不成，优胜红旗就要被对手夺去了，从此就是“先进”变“后进”了。优胜红旗就会耀武扬威地插在对方的阵地上。

必须赶紧想办法！

于是架空运线，就成为势在必行的一条路。

这可是大姑娘上轿——头一回。

几百米长、拇指粗的铁索，要横跨一条河，我们可以想象有多难！

首先得把铁索弄过来，然后再把铁索架到高空。铁索又长又重，相比之下，人的力量实在是太渺小了。好不容易拉着这么重的铁索过来了，可是光溜溜的铁索不听话，硬是挣脱人的掌控，滑到了河里去泡澡；民工没有灰心，经过一次次试验，终于成功地将铁索固定在了悬崖的木桩上，刘银良望着这长长的铁索，一种自豪感油然而生：任你河宽山高，还不是乖乖任我们架起铁索？正当人们喘口气儿的时候，木桩“嘎嘎”响了起来。水生大喊：“木桩要断了，赶快保护木桩。”可是已经来不及了，铁索拉着木桩一路扫荡着掉下漳河去了。

整整三天，先后七次，都没有成功。

技术员找来一名巧木匠，做了山鹰飞的构思。用什么方法往几十丈高的悬崖上拉拽，这是个问题。大家集思广益，最后想出了木制绞车的方法。几天后，空运线在全营工地上出现了。恰有几个山西文艺工作人员看到后，惊呆了。原来巧木匠利用的是水打木轮驱动水磨的原理，用河水作动力，带动绞车，绞车再带动辘轳，两边两条绳索，从渠岸直通运料场。

这机械能顶几十个劳力。山西文艺工作人员说：“林县人民了不起，土办法顶了直升机。”人们正在赞叹，突然传来当当的响声，原来是敲击铁索的声音。这响声是施工人员要求上料的信号。等下面的民工装好物料，便启动绞车，物料便沿着铁索升上去了。这样神奇的运载工具，让人感叹不已。

“研究自制空运线，修渠物资飞云间，省工省力速度快，速引漳水入林县。”“空运线，代人工，要不还得学愚公，父亲这辈儿修不好，交给儿子和孙孙，今天用上空运线，一人能顶三个人。”

空运线

“空心坝”奇想

红旗渠总干渠渠线穿过连绵不断的山岭沟谷，到白家庄村西时被300多米宽的浊河拦住去路。该河平时干涸断流，汛期洪水宣泄上千个流量。由于到这儿来渠线较低，不能建设渡槽。早在1960年，红旗渠总指挥部工程技术股副股长、工程技术员吴祖太根据实际情况，到三门峡水库空心坝去实地考察，回来后对白家庄村西的穿河大坝进行了设计，设计了一个与河道交叉的空心坝，即中间过渠水，顶部过河水，用这种办法解决渠水、河水交叉的矛盾。

1960年2月，该工程由东姚公社始建，开始主要任务就是备料、清基。大坝开挖时，遇到了潜水层和流沙层，前面挖，后面淤。民工们采用分段设小堰的办法，挡住了流沙和渗水，加快了排水速度，终于，露出了河底基石。后因盘阳会议后，红旗渠总干渠分段施工，人员转移到山西境内施工，工程暂停。

1962年10月1日，白家庄空心坝再次开工建设。

为了搞好这项工程，总指挥马有金对众多施工队进行了精心挑选，最后决定，该工程由姚村公社负责施工。

首先，马有金召集姚村公社指挥部指挥长郭百锁以及该公社技术骨干，共同分析了空心坝的施工方案。大家认为垒砌大坝的石料是一个主要问题，近处的山沟、河滩能用的石头，全部集中起来也不过是杯水车薪，远远不能满足大坝施工用料的需要。

经过考察，他们发现，白家庄村南虎头山上的石头可用，石质优良，可就是山峰奇高，悬崖峭壁难登难攀，要在这座山上取石困难很大，可这是最好的取石地址。

人们把目光投向了常根虎。

常根虎立即向前走了几步，主动请缨："给我两个人，我先去看看，保证完成炸石头任务。"

第二天，常根虎挑选了两名青年和他一起向虎头山进发。他们手扒石缝攀着岩石，向山上爬去，经过千辛万苦，终于爬上了崖顶。

到上面一看，石质并不怎么样，不符合垒砌大坝的要求，抬头一看，眼前峭壁的石质不错，但不知上面怎么样。

面对陡峭的崖壁，三个人一时谁也没有说话。

"我上去。"倔强的常根虎决定再爬上眼前的陡壁。

"太危险了！"两个人同时劝阻常根虎。

"就是危险也得上，这附近的石头都不好，大家都在等着我们，不上，怎么办？"常根虎不顾冬天刺骨的寒风，脱掉了身上的棉袄，来到了石壁前面。他脚蹬岩石，手扣崖缝，身子紧贴崖壁，像壁虎一样一点一点地向上爬去。下面的人都为他捏了一把汗。

常根虎往上爬了 50 多米，已经大汗淋漓，衬衣都湿透了。他攀住崖缝休息了一会儿，继续往上攀。经过 40 多分钟的努力，常根虎凭着他那征服自然的勇气和决心，终于登上了 100 多米高的崖壁顶峰，下面的人才算松了一口气。

经查明，这里的石质不错，石壁后面有一条石缝，正好在那里可以放炮。

在分指挥部批准后，第二天，常根虎带领他的伙伴们，来到石壁山缝，他们抡锤打钎，钻眼凿洞，顶着刺骨的北风，冒着纷飞扑脸的雪花，硬是在岩缝中打出一个深 8 米、宽 2 米、高 2 米的炮洞。

最后，往这个炮洞里装填炸药750公斤，一声炮响，山崩地裂，劈下了虎头山半座山峰，崩下石头1万多立方米。崩下来的石头锻成石料后，人们用肩背，用手抬，把这里的石头运到施工现场。锻石头的匠人们在下工时，也不空手走路，都要背上一块石料，送到大坝的施工场地。

经过1年零6个月的艰苦奋斗，1964年4月5日，一座长166米的双孔大坝，高质量、高标准竣工了。

空心坝坝长166米，底宽20.3米，顶宽7米，高6米，坝基埋深1～2米。坝体设计建设呈弓形，以增强对上游河水的抗压能力。坝腹设双孔涵洞，单孔宽3米，高4.5米，总过水能力23立方米／秒。

坝下设消力池，再往下为干砌大块片石护滩，坝南北两头各设有高4.4米的导水墙，使洪水聚向河中导入坝外，行洪能力可通过1500立方米／秒的百年难遇的洪水。

白家庄空心坝

空心坝自 1960 年 2 月动工，中间停工 2 次，分 3 个阶段施工，共完成挖方 5624 立方米、砌石方 16296 立方米。

1975 年 8 月和 1985 年 8 月，该工程两次通过了 860 立方米 / 秒的洪峰，巍巍空心大坝傲然屹立在浊河河床上，安然无恙。

“猴师傅”和他的徒弟们

在林县的西北方向，有一座大山，像一道屏障，圈了一长溜山谷，山谷里有水，有林，有野兽，有灵芝，当然也有人。这里是避乱的好地方，很多人都是躲避战乱定居在这里的。人越来越多，土地却没有增加。为了填饱肚子，没有土地的人就把目光从土地上挪开，找野菜吃，捋树叶吃，也发现了灵芝。灵芝不能直接吃，但是能换钱，而且价格还高。于是，为了生活，就有人专门去采摘灵芝。

灵芝能卖个好价钱，但是不好采摘。它喜欢长在高高的悬崖峭壁上，“吸天地之精华，聚日月之灵气”，偶尔有鸟飞过和猴子来做客，人却到不了。但为生活所迫，有人就用绳子从高高的悬崖顶上垂下来，人顺着绳子下去，采摘完了再像猴子一样，顺着绳子从悬崖爬上来。这个听起来容易，但做起来难。

下崭首先要克服恐高症状。很多人从高处向下一望就眩晕了，那就不行，肯定不能下崭。下崭胆子小了就会紧张，一紧张就危险。有的人就是因为紧张然后手一松掉下悬崖摔死了，还有的是绳子打转了，人在空中当不了家，就转晕了，这也是很危险的。

采了灵芝后，要背着背篓，手攀着绳子往上爬，这是最消耗体力的。

那时人们吃不饱，身体瘦弱，胳膊上劲儿就小，又要用手顺着绳子扒上去，对下崭的人是个很大的挑战。吃这碗饭，挣这份辛苦钱，就必须要有很大的臂力。还有就是体重越大越吃亏，因为上去要消耗更多的体能，还有绳子必须安全，断了或上头没有安好就会出事，一旦摔下去，非死即伤。所以，只要有一点点生存的办法，都不来干这个营生。而干这个营生的，都是生活所迫。

王天生腿稍微有点不得劲，但一下崭就像飞起来一样，灵活又精神，顺着绳子往上爬，像猴子一样灵敏。所以他们兄弟的外号是“太行五猴”，他是五猴之一。

红旗渠工程开工以后，王天生所在的石板岩公社不是受益公社，不用派人来修渠。但王天生却来了，从修南谷洞到修红旗渠，他全都参加。他有一群徒弟，其中一个就是赫赫有名的任羊成。

一天，王天生刚采了灵芝从高崖回来，门口有几个年轻人，穿的上衣肩膀头都磨破了，鞋底都是钉了轮胎鞋掌的。他们要么站着，要么蹲着，不习惯坐着，他觉得这是一群修渠人。王天生还没开口，来人就问：“你好！请问你是王天生大哥吗？”“我是王天生。”“我们听说您下崭是把好手？”“咋？你们也要采灵芝？”“我们不采灵芝，我们搞水利建设。”“我不会搞水利建设呀。”“可你会下崭啊！”“这和水利建设有什么关系？”“天生大哥你听我说，关系可大了。”于是来人就给王天生讲，“悬崖上有活石头，掉下来会伤人，非常危险。在这样的地段，下面的人就没法上工，不上工咋搞水利建设呢？我们就想着除掉上面的活石头，然后再施工。可悬崖高啊，活石头的位置都在半山腰，和灵芝的位置差不离，所以，我们想拜您为师，跟您学下崭。”

一听学下崭，王天生把头摇得像拨浪鼓：“不行不行，那真不行！”

任羊成他们赶紧表示：“您放心，我们只是除险，保证不采灵芝，绝对不跟您争行。我们向毛主席起誓！”

听他们这么说，王天生笑了：“呵呵，不争行也不教给你们。”“那为什么呢？”任羊成他们更迷惑了。

“为什么？因为这是要命的手艺。”

王天生讲了一个故事：“那是一位手艺非常好的下崭人，下崭像鸟儿飞一样，又平又稳，还能从这棵树跳到另一颗树，采摘灵芝如探囊取物，顺着绳子上来的时候像猿猴一样灵活，他胳膊上的劲儿特别大，能倒立行走。很多危险的峭壁上不去，就去跟他说，他总是说我试试，但从来没有空手回来过。就是这样的下崭高手，摔死在了悬崖底下。”啊？大家吃了一惊，这么好的技术，怎么就……

说到这里，王天生停住了话头，他的眼圈都红了。在任羊成他们再三催促下，王天生才接着说下去：“在一次下崭结束，他背着背篓上来的时候，山谷里飞来了一只老鹰，老鹰不怕人，翅膀几乎扇着他了，他躲了一下，也就躲了过去，本来已经没事了，可是上头的绳子因为与岩石摩擦，竟然在那一瞬间断开了，这位高手就这样从高高的悬崖上摔了下去……”

王天生说：“消息传来，我们疯了一样到崖下寻找，希望他命大，落在一棵树上，或是摔到一堆草上，哪怕被树拦挡一下也好。遗憾的是，什么都没有，他像所有不会下崭的人一样，跌下悬崖摔死了。”

“唉，淹死的都是会游泳的。”不知谁说了一句。

“从此，下崭的人几乎都不下崭了。”显然，这也是王天生不收徒弟的理由。

众人嘴里都不约而同地“哎——”了一声，又搓了搓手，既佩服他下崭的手艺，也惋惜失去生命的先人。

王天生一看这群年轻人不吭了，只当是怕了，就说：“年轻人，来，

悬崖除险队

喝口水，歇歇脚，咋来的还咋回去吧。下崭这不是一门手艺，不是人干的活儿，那是把脑袋别在裤腰带上玩命的行当。”说完自己端起一碗水，用嘴吹了吹，先喝下一小口，然后一饮而尽。放下碗，站起身，准备送客。

任羊成和伙伴们互相看一眼，然后不约而同地说："我们还是要学下崭！"

这回轮到王天生大吃一惊了："啥？还学？你们不怕死？"

"我们不怕死！为了修渠，我们什么都不怕。"

王天生还是不答应："这可不是闹着玩的，你们还年轻，我得为你们考虑。你们有家，有父母，有老婆、孩子，万一出事了，他们依靠谁？那啥，没结婚的更不能去，还是个人芽芽。"

说完进了屋，关了门，任谁说也不开。"我们当年和你们不一样。我不能叫你们学这个能送了命的手艺。"

"我们就是专门来学手艺的，学不到手艺，我们就不走。"

"咱就在这等，直到天生大哥收我们为徒！"

天黑透了，任羊成他们也不走。王天生被磨得没法子，也看出了这些人为了修渠引水改变家乡命运，确实铁了心了。最后，王天生终于答应，第二天一早就跟他们走，教他们学下崭。但是约法三章：

第一，胆大心细，任何时候不要慌，空中要保持平衡，不能让绳子转起来。

第二，看绳的人必须当心，下崭人的命就在你手里攥着。

第三，绳子和岩石接触的地方必须放充足的草，防止磨断绳子。

王天生对他们说："有不怕死的精神是好的，但我希望你们把手艺学精，牢牢记住我的话和那些血的教训，你们要答应我，当红旗渠修完，你们十二个人一个都不能少！"

他们一一记下，一一答应。后来任羊成成了除险队的队长，他带领的除险队是修渠的先头部队，在红旗渠除险十年，腰间磨满老茧。正像王天生说的，他们遇到了无数次的生命危险，渠上流传的顺口溜说："排险英雄任羊成，阎王殿里报了名。"

修渠开始，遇到难干的地方，还会请王天生去指导，可王天生到那儿一看，这么危险，二话不说，就把绳子系在腰上，亲自下崭，为民工除险，为除险队排难。

为了民工能安全施工，排险队功不可没，这功劳，有排险队的一半，也有王天生的一半。

原来“柴”也能当饭

红旗渠工地上，流传着这样几句顺口溜：

一夜能吃两顿饭，
草棒饭，五指汤，
人家的烧烟咱的饭，
原来“柴”也能当饭。

1960年红旗渠刚开工时，正是国家大炼钢铁结束后，家家户户缺少余粮，红旗渠工地粮食也很紧张，可大家的劳动强度却很大，因此，炊事员就总是想方设法做好饭，让民工能吃饱吃好。

红旗渠工地，实行军事化管理，按照属地和职业分别设立营、连等机构。教师和医生被分配到“教医营”。

教医营的伙房在山上，红旗渠工地在山下。山坡上，尽是各种石子，人走在上面，需要格外小心。这天，炊事员考虑到工地距离伙房太远，与其让这么多劳动的人回来吃饭，还不如自己去送饭。他担起两桶稠饭就往工地送。山路难走，加上碎石很多，炊事员穿行在崎岖蜿蜒的小路上。路太远了，他也饿得眼冒金星。上坡时倒还算顺利，下坡时双腿就不听使唤了。遇到一个陡坡，天色朦胧，光线不好，脚下的石子一滑，扁担挑着的两只桶顿时左右摇摆，两桶饭就倒在了坡上。炊事员来不及多想，下意识地一扔扁担，伸长胳膊就去拦铁桶。结果，铁桶倒是拦住了，他却跌落到路边两米高的岸底下。

炊事员顿时慌了：这可是二十几个人的早饭啊。要吃不上，他们就得饿着肚子干活，自己都饿得不行了，何况劳动强度大的教师医生们。

在责任心的驱使下，他当即起身爬上岸，用双手把地上带着泥土、草棒、土沙、碎石头的饭都捧到桶里，继续担到了工地。

赤脚医生在工地

大家把分到碗里的饭拣掉草棒、石子，狼吞虎咽地吃下去。大家并没有责怪炊事员。看着大家吃完，往回走时，炊事员才发现胳膊骨折了。但他没有回林县医院医治，而是用布条攀住胳膊继续留在工地上，负责记工分。胳膊好了后，继续当炊事员。

有一天，摸黑吃早饭，炊事员给连长从伙房里端了一碗冒尖冒尖的饭，连长接过后，顺势蹲下就吃。边吃边嚼，发现碗里有个东西，挑也挑不动，嚼也嚼不烂，反而沾了一嘴泥糊糊，恶心呕吐。他端着碗回到伙房里的灯下一看，原来是只泥手套，“嗨”了一声，悄悄把它扔到粪坑了。有民工好奇，为了弄清他吃的是什么，追着问：“你吃的啥？你吃的啥？”连长吞吞吐吐说不清。

吃罢饭，要往工地上走，民工吕贵南大喊大叫说："我焙在锅台上的手套，找不见了！"炊事员连忙给他道歉，低声说："是我起五更做饭没看清，揭锅盖时掉到锅里了，不知谁吃了这个暗亏，请你不要声张。"

连长也来到吕贵南的跟前，说："你的手套是我扔到粪坑了。但是，千万要保密。"

说起这只泥手套，它还有很大功劳呢！民工白天往花岗岩石头上打钎眼，累死累活完不成任务。后来大家发明了蘸上水打钎眼，工效大大提高。可这样一来，扶钎子的人戴的手套上就都是泥巴，为把泥手套烘干，夜里民工就会把手套放在锅台上焙。

本来这件事怕大家误会，应该保密，偏偏被爱说笑话的一个民工知道了，他在上工的路上就放大嗓门喊："大家知道咱今天五更喝的什么汤？"大家齐答："小米干饭、玉茭面、萝卜条儿汤。"他摇摇头说："不是的，是五指汤！"话音一落，大家恍然大悟，有人开始埋怨炊事员不操心。连长说："不要埋怨天黑，吃泥手套是百年不遇，偶尔吃一次，吃了这小亏就是了。"红旗渠工地上的人就是这么乐观地面对一切苦难，从不计较小节。

有次，一个民工的父亲想看孩子，就主动来工地送菜，问孩子："吃得可好？可能吃饱？"孩子说："爹，你放心吧，会吃饱会吃好，一晚上两顿饭呢。"他爹见孩子高高兴兴，还这么说，就信以为真，回去讲给老婆听，老婆却将信将疑，一天吃三顿是常规，怎么一夜能吃两顿呢？全国都缺粮食，工地伙食就这么好？这个秘密直到修完红旗渠，他儿子才道出谜底："红旗渠工地上吃早饭，当时天还不亮，吃晚饭又是晚上七点，天早已黑了，所以说是'一夜两顿饭'。"

其实也有过吃饱的时候。比方说，在东皇墓村修建红旗渠配套工程"夺丰大渡槽"时，营部就分给各连木薯面。一见有了这么多木薯面，炊事员高兴地说："明天先吃一顿木薯面疙瘩，尝尝外地的粮食是什么滋味。"

第二天吃早饭，木薯面疙瘩开笼了，民工们先是一手抓了一个，尝了尝好吃，又黏又甜，好像本地的黑窝窝，接着又连抓了两个。饭量大的有吃五六个的，甚至少数人还吃到七个，一笼木薯面疙瘩顿时吃了个光，吓得炊事员直说："像你们这个吃劲，我们通宵不睡捏疙瘩、蒸疙瘩，恐怕也供不上你们吃！"民工们把肚子装得像石杵砸了一样，唯恐胃口吃不消，但经过艰苦的半天劳动后，肚里竟没有任何不舒服的感觉，大家都高兴地说："木薯面入乡随俗，到了林县软成绵羊。"

自此以后，在工地上，木薯究竟是根结还是树上结，就成为民工们争论的热门话题。一部分人认为木薯带有木字，肯定是树上结的。但有人提出不同意见说："不能死抠字眼，它和我们本地的红薯一样，都是地下根结的。"因为大家从来没有听说过这个新名词，更没有见过它的生长过程，都是猜测，所以互不服气。越争论越严重，谁也说服不了谁。有个人说："我给木薯面找找娘家，看看它的生母到底是谁？"他用带到工地的字典一查，词条解释清清楚楚："有肉质长圆柱形块根……"

一直到红旗渠修成若干年后，当时的采购人员才透露，采购木薯是在福建，当地人不吃这个，把这个当柴烧，林县采购尝过，觉得可以人吃，就买回了人家的"柴"，送到红旗渠补贴民工伙食了。这些人家的"柴"，吃到林县人肚子里，都化作无穷的力量，为修建红旗渠增添了巨大动力。

“钢钎王”不姓王

“钢钎王”不姓王，姓崔，因其铁匠手艺好，民工编了顺口溜：“崔天书，是铁匠，打的钢钎像银枪，民工用上干劲大，人人称赞钢钎王。”

钢钎王从小学铁匠，很快就爱上了这一行，深受师傅的喜爱。师傅愿意多教两句，他也喜欢琢磨铁匠活儿。红旗渠动工后，他自告奋勇来到渠上当铁匠打钢钎。

都说“磨刀不误砍柴工”，他就是这个磨刀人。

渠上钢钎磨损得很厉害。有人专门送来磨损的钢钎，钢钎拿到工地一用，好赖马上就分出来了。或软或硬，都不好用；工具不称手，工程进展自然就不快。尤其是青年洞开工以后，因为石头太硬，钢钎损坏更快，常常顶手。领导到处寻找好铁匠，崔天书经人推荐，被指挥部委以重任。

又有一批钢钎送来了，来人为了赶工，自告奋勇要自己淬火。崔天书告诉他：“可别小看淬火，那才是关键的关键！”

什么是淬火？就是把工件加热到适当温度后放在水里冷却，以提高其硬度和强度。农村铁匠称此为蘸火。淬火可是个经验活，全凭铁匠师傅在实践中摸索。好的铁匠师傅会根据钎头或钻头突然蘸火及迅速出水后颜色的变化，判断出其硬度，然后决定是否需要回炉，或者进行二次蘸火。掌握不好这个火候，要么钢钎或钻头太硬，打炮眼或锻石头时，刃部会断裂或掉块，很可能打不了几下，就报废了；要么钢钎或钻头太软，打炮眼或锻石头时，刃部就会卷曲，同样容易损坏。只有针对不同的石质，打磨出软硬适中的钢钎或钻头，才能柔中带刚，刚中见柔，刚柔相济，持久耐用。

听了崔师傅一番解释，来捻钢钎的小伙计吐了吐舌头。

“蘸火这么重要啊！那你打锤有没有什么秘诀？”“有啊！”崔铁匠说：“咱们的钢钎是用来在坚硬的红石上打炮眼的，都是上等的好钢材。钢材越好，越不容易锻造，这也有个掌握火候的问题。有个成语叫‘炉火纯青’，本来是说神仙炼丹的，对我们铁匠来说也很适合。火中的工件只有达到合适的温度，才好‘趁热打铁’。如果温度还低就拿出来加工，就是把抡大锤的累个半死，也不能把钎头打出来。”崔师傅边干活边解释。这时，只见他飞快地从火炉里掏出来一根钢钎，待加工的钎头突突地爆着火星，不待他在砧子上放稳，拉风箱的小伙计早已手执大锤站到了崔师傅的对面，只见大锤高高抡起，“通通通”三下，钎头的模样已经搞定了。又见师傅轻敲砧子，小伙计的大锤也抡得低而有力。继而崔师傅自己抡起小锤锻打几下，便迅速将钢钎放入水槽，片刻又提起来，仔细端详那钎头，大概是看到钎头的颜色变化到了理想的程度，这才放入浅浅的水槽里，慢慢地冷却。

青年洞开工后，这盘铁匠炉就专门服务青年洞。

在红旗渠工地，勤俭节约已蔚然成风，这在铁匠炉上也体现得淋漓尽致。他们钢钎断了就捻成钻，钻断了就打成钢楔，钢楔磨损了就打成铁锤，一点儿钢材也不允许浪费。

因为钢钎打得好，这崔师傅便有了钢钎王的美称，日久天长，人们反而把他的本名忘记了。

再后来，文工团到工地慰问演出，特地把崔师傅他们的事迹编写演唱，题目就叫《红旗渠上好铁匠》，一直传唱到现在。

文艺演出《红旗渠上好铁匠》

你听，那优美的旋律又在耳边想起来了：

拉起那风箱呼嗒、呼嗒

呼呼呼呼嗒嗒嗒嗒

呼呼嗒嗒响啊

抡起了铁锤叮当、叮当

叮叮叮叮当当当当

响叮当啊……

女炮手韩用兰

东岗有个八角村，是红旗渠配套工程三干渠八角洞的所在地。韩用兰自告奋勇参加修洞当民工，在劳动的时候，不避重活儿、险活儿，一般人不敢干的，她却毫无惧色。

钻洞缺少一个炮手，用兰听说就赶紧去报名。领导说："这可不是一般的活儿，得有胆量，得眼疾手快，还得心细如发，还得……"

"没事，我是女的我最心细，这个不用考虑。眼疾手快我更在行。至于胆量，更是我的长处，我这个人生来胆大，只要世界上的事是人干的，我也就敢干！别看我是女的，我崇拜的是花木兰、穆桂英、刘胡兰这样的巾帼英雄。"

"你爹娘同意不？"领导问。

果然爹娘不同意，找到她说："点炮那可不是姑娘干的活儿！"她说："渠上缺少人手，乡亲们都眼巴巴地盼望着红旗渠早日通水呢！"

"离了你就不修渠了？炮手太危险了，闹不好就送了命！你一个女孩子，何必去干这活儿呢？你不心疼自己，我们还心疼呢！我给领导说说，咱不去了啊！"

"多个我，就多我一份力量啊。"

"当炮手太危险了，许多男人都不敢干，你逞什么能？"

"总得有人干呀。"

父母好说歹说，用兰非去不可，父母生了气。用兰为了报名，心想这样对抗下去，父母绝对不会同意，就有意把话说得软一点："娘，你们回去吧。到工地我看看情况，也许炮手够了呢！”硬是把父母哄走了。

说“看情况”，其实就是一定要去当炮手。

第一次去点炮，领导不放心，用兰说：“您放心，我干啥都不比男的差。”

她还真的是手脚麻利。

她在渠上点炮，不怕点老炮。她说：“老炮听起来很可怕，但其实不怕，因为就点它一个，捻儿也长，有充分的躲避时间。最让人担心的三种炮：一是挖瞎炮，二是瞧回头炮，三是点连发炮。连发炮炮多，捻儿短，爆发时间集中，躲避时间有限，稍有不慎，就会出事儿。”

实践证明，用兰确实既有女子的细心，又有男子的果敢坚定，最终磨炼成了一名好炮手。

她不仅是一名好炮手，干其他活也毫不含糊。挖石渣，她从没有落在后面过。抬筐运料，来来往往快步如飞。热天累得汗如雨下，冬天汗水把棉袄都浸透了。她还担任了女子施工队的队长，群众亲切地称她们为“铁姑娘队”。因为在三干渠工地表现突出，她被评为“巾帼英雄”，在三条干渠通水时受到了表彰。

“土专家”路银

很多人听到“水鸭子”这个名字，一定会认为是个玩具；或许会觉得“水鸭子”是和“旱鸭子”相对的，可能是游泳能手。在红旗渠工地上，“水鸭子”有特殊的意思，也有特殊的身份，起到了十分重要的作用。“水鸭子”还跟洗脸盆有关。

洗脸盆可以接水，能洗脏兮兮的手，还可以端着盆去河边洗衣服，所以，洗脸盆是常用的生活工具。对爱干净的人来说，是必不可少的好帮手。

一个常年在红旗渠建设工地劳动，又年近半百的施工员，却随身携带洗脸盆和水。这是为什么呢？需要时时洗手？还是不断地洗衣裳？

这个常年离不开洗脸盆和水的人，叫路银，是红旗渠上的“农民水利土专家”，上红旗渠工地的时候已经整整 50 岁了。

路银的父亲是位好石匠，他从小就跟着父亲学习石匠手艺。父亲告诉他：“做活要精细，不要偷懒，不怕吃苦。只有学会的手艺才是别人拿不走的。”小路银永远记住了父亲的话。

学石匠是很苦的，右手需要整天不停地敲打，力量还要不轻不重拿捏得正好，用力太大了锻得过深，用力小了锻不下去，这条石线就不平整，不好看也不实用——有谁见过一盘石磨有的线磨平了、有的线还深深的呢？抡锤时间长了右手又酸又痛；左手也不轻松，整天拿着钻，还需要不断地转一下，常常震得虎口发麻，有时整条胳膊都是麻的。夏天还稍微好一点儿，若是到了冬天，北风呼啸，雪花飞舞，左手仍然需要用力握着钢钻。这时候，钢钻夺走了手心里那一点点温度，原本冰冷的手就更冷了。那时候家家户户都穷，根本没有手套，所以冬天手心冰冷，手背、虎口常常都是裂口，随着锤不断地敲打，左手的裂口常会震得流血。但小路银从不叫苦叫累，默默承受了这一切。他只是一门心思想着怎样把活儿学好，碾盘怎样锻得平整、匀称，门墩怎样锻得大小相同、方方正正，门口陡石上的梅花鹿怎样才能活灵活现。

小路银肯下苦功夫，善于琢磨，进步很快。

做石匠的日子虽然早出晚归很辛苦，但每天和父亲在一起，能挣回钱和米,能为家里出一分力,小路银感到满足和自豪。虎口震得流血,手有冻疮,那也不怕,只要有活儿干,家里人就饿不着。

他喜欢石匠手艺,他喜欢锻圆圆的大碾盘,碾盘上锻成一个又一个规规矩矩的扇形,随着扇形数量的增加,一幅好看的图画徐徐展开,看得人心里可高兴了!他也喜欢锻圆圆的磨盘,看着自己锻得严丝合缝的两扇磨盘磨出来玉米、豆面,主家高兴他也高兴。

这样的日子,到 13 岁就戛然而止了。那一年,林县又是一场大旱,河水干涸,粮食绝收,他的父亲活活饿死了。一家四口的生活更加艰难。这时候,小路银毅然背起锤子,外出给人锻碾盘、锻磨盘挣点儿钱米,给家人糊口。

生活的重担,霎时压向了这个 13 岁的少年。他默默地挑起了这副担子,在内心深处,他愿意通过自己的双手改变家人的生活状况。

磨难也是一笔财富。坎坷的经历,让小路银从小就养成了良好的生活习惯,他肯吃苦,善钻研,有责任心,有恒心,这种性格伴随了他的一生。

许多年过去了,那个 13 岁就有了全副石匠手艺的小小少年,成了兰州市铁路局的一名工队长。

1957 年,47 岁的路银回林县合涧老家休假,当时家乡正修英雄渠,合涧区委请路银到工地做技术指导。

路银看到了家乡正在向旱魔宣战,在英雄渠艰苦的建设工地上,他看到了政府修渠引水的巨大决心,看到了家乡人参加水利建设的满腔热情,他想起了因旱灾而饿死的父亲,想起了自己因缺水而背井离乡……

家乡要修渠,这是当年做梦都不敢想的事。当年若有一渠水,父亲也不至于饿死。为了家乡,路银要尽自己的一分力。他毅然辞去了铁路局的正式工作，一头扎进了林县的水利建设中。

从此，兰州市铁路局少了一名合格的工队长，而红旗渠建设工地多了一位出色的“农民水利土专家”。

在红旗渠的建设中，路银任合涧公社分指挥部的施工员，修总干渠皇后沟大渡槽时，他是指挥员。那时，全县只有两台水平仪，他这里根本没有，怎么办?

路银就做了一种叫“水鸭子”的简易水平仪来代替正规的水平仪。

简易测量工具：水鸭子

最初，不少营、连长反映工程技术人员少，需要测平时水平仪赶不过来，影响工程进度。那天路银正好在场。他说，这问题其实很好解决。他顺手掂起房东家一个小板凳，面向下、腿朝上往水盆里一放说：“你们只要在这四条腿之间各扯上两根线，就可以近距离测平,就不需要再等水平仪了。”大家回到工地一试,果然很灵验。

有了这个灵感,路银干脆叫木匠给自己制造了一个简易“水平仪”,这就是大家熟悉的“水鸭子”。将一长两短三块轻质木板扎成板凳状,两块短板顶端有凹槽,上扎细线,使用时将盛了水的脸盆架起,把“板凳”倒置于水盆内，通过凹槽即可肉眼近距离确定两点间大致的水平位置。你可别小看“水鸭子”，认为它太简陋，当时却派上了大用场！它不仅大大减轻了测量人员的劳动强度，节省了人力、物力，还普及了科学知识，在各基层民工队培养了自己的“土专家”。

从此，洗脸盆和水鸭子就成了路银的标配，人到盆到，人在盆在。

合涧西边的红英汇流工程，是著名的水利建筑工程。为给红旗渠

路银（前排）在施工现场

和英雄渠找一个合适的汇流点，合涧施工队在路银的帮助下数次进行测量。测量过程中，正好有新华社记者到这里采访，他们惊奇地发现，路银他们在勘测时根本没有用水平仪，而是用的这种简易的“水鸭子”，觉得简直不可思议！

他们拉住总指挥马有金的手问：“这是什么仪器？管用吗？”马有金却蛮有把握地对记者说：“整个工程就两个水平仪，不够用，他这套勘测工具可不比水平仪差。以前几个大的工程都是这么测定的，对近距离测量很管用。”

今天我们看到的红英汇流高高的闸楼，是路银他们在一没有专家、二没有仪器的情况下，运用土办法找出了汇流点，又进行了独具匠心的设计，使闸楼雄伟壮观又新颖独特。闸楼上额书写“红英汇流”四字，两边用毛主席的诗词“为有牺牲多壮志，敢叫日月换新天”作对联。

这种简单的装置，后来还被大型纪录片《红旗渠》记录了下来，成了珍贵的回忆。那里头，负责操作“水鸭子”的就是“农民水利土专家”路银。在修建桃园渡槽时，路银还发明了简易拱架施工法。在渠线选择上，工程技术人员也常请路银到场，虚心听取他的建议。

红英汇流通水庆祝

“一桥三用”点子高

学习乘法，有乘法口诀；学习珠心算，有珠心算口诀。在红旗渠工地上，也有很多口诀。比如，锻石头有礅石头的口诀，勾石缝有勾石缝的口诀，就连最简单的挑水和泥，也不例外。

“石质好、五面净，横顺竖直合口缝。”这是锻石头的口诀。

“掏缝三公分，上下左右掏干净，随扫随掏用水冲，验收批准才勾缝。”这是勾缝的口诀。

“淋好灰汤选好土，泼层灰汤上层土，闷大堆，和好泥，当天不使当天泥。”这是和泥的口诀!

这些口诀的形成都离不开一个人。他叫郭增堂，东姚镇南岗村人，到红旗渠工地的时候已经50多岁。大家亲切地称他“老郭”，他在采桑公社分指挥部任指挥长。

有一次早上起床，老郭一阵头晕，心想是晚上没睡好，也没在意，后来才知道，是血压高。他匆匆拿了草药，要往渠上赶。老伴儿说:“你难受成这样，还能去吗？”就把他硬留下了。老郭被迫在家“休息”，他觉得是场煎熬。看看天，心想，这个点儿，老李手里的活儿能垒到红石缝儿那了。老李做活，还是让人放心的，泥浆做得足，石头放得正。他的那个小工，也踏实肯干不偷懒。过一会儿再看看天，心想，这会儿，该装炮了，柱子年轻有劲儿，开始不服气，老郭批评过，也找他谈过心，现在也放心了。过一会儿再看看快落山的太阳，这会儿该放炮了……老郭终于坐不住了。

他执意要走！抓起包好的草药，拿起上衣，不顾身后老伴儿的劝阻,重新上了工地。尽管民工都是行家里手,但还是自己看着才放心……

领导听说后，决定把他调回来休息，换个年轻人上去，不想老郭坚决不同意。他说："我行！我中！做了一辈子活儿，这小病儿算啥？整天在渠上修渠，不看到民工，白天没精神；听不到炮响，我晚上就睡不着哇！"他说的是实话，每天看着砸好的石头一块一块整整齐齐地垒上去，渠墙高了一层，长了一米，都牵动着他的心，他都高兴。他甚至觉得不是红旗渠工地离不开自己，反而是自己离不开红旗渠工地。这是他的降压药。以后的一段时间，他白天指挥工地的工作，晚上煎药吃药，一直坚持到 1966 年红旗渠三条干渠修完，才离开工地。

这期间，他带领采桑公社的民工们修建了红旗渠一干渠的咽喉工程——桃园渡桥。

今天，从桃园大道或者红旗渠大道出发，一路向西，就到了红旗渠第一干渠。顺渠向南，有个又深又宽的大河沟，叫桃园河。桃园桥不远处，有个花红柳绿的村子，名叫桃园。桃园，与陶渊明的"世外桃源"谐音。多年以来，听到桃园就想起陶渊明隐居的世外桃源，文中描述的"黄发垂髫，怡然自乐"，成为无数人向往的乐园，我们修的桃园不是虚拟、只存在于书本与想象中的，而是实实在在的一处山清水秀、农业丰收、农民富足的新画卷。若说"桃花源"满足了人们的精神向往，给人以想象，那"桃园渡桥"则是精神与物质的双重给养，有自力更生、艰苦创业的红旗渠精神蕴含其中。

"二十四米高,巍峨一渡桥。""一座桥,有三用,敢同鲁班来较劲。"说的就是桃园渡桥。

桃园渡桥有三种功效。第一，它是一条渡槽，是流渠水的，这也是当初修它的目的；第二，桥下可以排洪水；第三，它还是一条公路，

桃园渡桥修建中

连接南北两岸，方便两岸百姓通行。毛主席有诗词曰："一桥飞架南北，天堑变通途"，用在这里也挺合适。桃园渡桥成功地修成了洪水、渠水、汽车三合一的渡桥，这也是不叫"渡槽"叫"渡桥"的原因。

今天我们就从她的"出生"开始讲起。

1965 年 9 月，这段工程分到了采桑公社南景色、南采桑、下川三个大队。那时的桃园河，是怎样的一幅景象啊？河宽 100 米，深 24 米，枯水季是一条大鸿沟，两岸鸡犬之声相闻百姓却不能往来；汛期洪水滔滔，挟泥裹沙，奔腾而下，百姓只能望河兴叹。因为没有桥可以通行，所以有两岸不通婚的说法，不是不通，是过不去。两岸百姓不得不以“鸿沟”为界，面对大自然雨水冲刷形成的大水沟，一点办法也没有。鸿沟就是一道天险，一层隔断，一道阻碍，带来诸多不便。

而按照设想要在这里修渡槽通水，要把水从河的北岸送到南岸，不但通水，而且通车，让两岸人民横渡桃园河，来往自如。

当时有很多困难，财力有限，食物缺乏，住地紧张，而渡槽当时最大的困难是搭架所需的木材不足。

经过估算，建桥仅木料便需要3000多根，必须又直又长，还要坚硬。报给总指挥部后，总指挥最后只给了1000多根木料。缺这么多，怎么办?

施工中的桃园渡桥

红旗渠本身就是一项自力更生、艰苦创业的伟大工程，就是前人所不敢想或虽然想过却无力干成的事，修渠的人，个个都有“誓把山河重安排”的气魄，他们逢山钻洞，遇沟架桥，把一个个困难踩在脚下。老郭就是这样的硬汉子。

很快就有了第一套方案。有句俗话叫“有多大的荷叶就包多大的粽子”，意思就是说“有多大能力，就做多大规模的事情”，所以，这个方案就是分两期搭建“木牛”架，木料不够的问题就可以解决了。

但老郭并不赞成这个方案，因为，这样会延长建桥时间。有没有更好的办法呢？

老郭和工地施工员秦永禄决心啃下这个硬骨头！最后，他们根据“立木顶千斤”的原理，改双梁搭架为通梁搭架，借助桥礅代替顶梁柱，创造了“简易拱架法”。这既节省了木料，又不耽误工期，还能保证最高质量修好渡桥。这才是桃园渡桥的设计者和施工者们的心愿和目标。他们熬了多少个不眠之夜，只有天上的星星知道；画了多少张草图，只有他们手中的笔才能说得清楚；抓掉了多少白发，这得问桃园河的石头。

“立木顶千斤”，是杠杆的原理，因为力臂为零，所以力矩也为零。

搭架的问题解决了，就开始正常施工。为把好施工中的质量关，老郭真是毫不含糊。他常说：“修渠，是功在当代利在千秋的事业。”

连长、民工们都知道：“宁叫老郭笑，别叫老郭闹。”老郭来检查质量时，质量好，眯眯笑；质量不好，两眼一瞪，就要批评，回头还得返工。

民工吃不饱饭，但一定要让石头吃饱饭（泥浆做足），这直接关系到以后子子孙孙能不能吃饱饭。要保证质量，每一块石头都有用，每一条石头缝，都值得仔细勾缝、糊结实，保证永远不渗不漏。于是，

一桥三用的桃园渡桥

他的锻石头口诀、勾缝口诀、和泥口诀在工地人人会背，个个按照这样的标准执行。民工们说，他们干的这是“金刚钻工程”。就说和泥吧，这件看上去很简单的事，老郭却不知强调了多少次：“不要以为和泥是个轻巧活儿，别以为是人就会干，泥浆里若混进一个豆粒大的生石灰球，垒到墙里就等于埋了一颗‘定时炸弹’，灰球见水就爆，把石缝拱出来，要知道将来这渠里流的是六七个流量的水，压力有多大？水火无情，到那时，你就是长一千只手也捂不住窟窿。”所以，当天不用当天泥，就是要让石灰充分分解。

民工都记住了：“淋好灰汤选好土，泼层灰汤上层土，闷大堆，和好泥，当天不使当天泥。”自己坚决不能给渠里埋下定时炸弹。后来，老郭虽然离开了工地，但他的这些质量口诀却流传了下来，并成了各道工序的施工标准。

桃园桥 1965 年 9 月 25 日动工，1966 年 4 月 1 日竣工，通水至今已有 50 多个年头。她经受了洪水的考验，经受了一干渠 6.8 立方米 / 秒最大过水流量的考验，更经受了南来北往载重车辆的考验。她是采桑人民献给红旗渠工程的一座丰碑。

勇挑重担的设计员

1933 年，在河南省原阳县白庙村，一个漂亮的小男孩出生了，他叫吴祖太。他有两个姐姐，他是妈妈 45 岁时的“礼物”。他小的时候，家里很穷，家乡的庄稼总是没有收成，有时候全家不得不出去讨饭才能维持生计。7 岁那年，家乡闹灾荒，他随着爹娘一路讨饭到了郑州。

飞着雪花的冬天，富人家的孩子烤着火还嫌冷，他却每天起早搭黑，光着一双冻得像紫萝卜一样的脚帮助父亲沿着街道去送水，半夜才能回到草棚里，娘看着他的脚直掉眼泪。他问娘："有钱人吃水，为啥咱管送？"

娘说："咱命苦啊！"吴祖太并不相信这个叫作"命"的东西。

生活的困顿与艰难，并不能影响他成为一个勤奋好学的孩子。他不用老师督促，不需要父母怒吼，自觉自愿地喜欢学习，喜欢书本，喜欢书中的道理和故事。

他最喜欢的故事是大禹治水。大禹为了治理水患，13 年时间，连家都没有回，走遍了全国的山川河流，实地考察地理情况，掌握了第一手的资料，然后他把全国的山山水水看作一个整体来治理，从实际出发，凿山开渠，疏通水道，给汹涌的洪水寻找水道和出路，使高处的水顺利地流下来，使低处的水向更低处流，最后流进东方的大海，河道再不因为淤堵而阻塞。并且在河水流过的地方，用河水浇灌庄稼，获得了大丰收。

吴祖太很佩服大禹脚踏实地的实干精神，从此他明白，理想再远大，也要脚踏实地一步一步来实现。

大禹治水的故事像烙印一样刻在他小小的脑海里，一粒梦想的种子在他的脑海里生根发芽，他在心里暗暗立志：以后也要成为这样的人，要为人民创造一个青山常在、绿水常流的世界。

这是他从小的理想。

后来他通过刻苦学习，考入了黄河水利学院，系统学习水利知识。这次求学，向他的梦想迈出了一大步。一个人的青年时期，是知识积淀的黄金时期，他抓住了这个黄金时期，完成了人生的第一次理论大积累，为以后的水利建设事业奠定了坚实的基础。

吴祖太毕业后，因成绩优异，被分配到区水利局，成为一名光荣的水利工作人员，这时候，他已经站在了自己梦想的边缘上。

命运总会不期而来，历史总会给人意想不到的机遇。有一次，他陪同水利部门的有关领导到林县勘测。这时的林县，正在设想“引漳入林”工程，吴祖太听说后很兴奋！作为一名水利工作人员，有什么能比参与一项水利工程更让人兴奋的呢？他暗下决心：一定要参加林县的这个引漳入林水利工程，充分利用自己所学的水利技术，为人民服务！这一天对他而言，是一个梦想的拐点。

1958 年，吴祖太主动要求调到林县水利局工作，成为林县少有的科班出身的水利工程技术员。

大禹用 13 年的时间跑遍了九州，吴祖太和他的同事们，在短短的时间内，跑遍了林县的山山水水。

当时林县的条件很艰苦，吃不饱饭，喝不上水，但他不怕。林县有几十万亩旱地，全是靠天吃饭。林县需要水，林县已经有了一个大搞水利建设的书记，林县也需要像他这样的水利技术人才。林县，是为水奋斗的人们大展宏图、实现梦想的地方。

花盆里长不出苍松，温室里飞不出雄鹰。吴祖太要在广阔的天地间大干一番。他来到林县农村以后，看到很多林县人拿着担子挑不到水，更感到了紧迫的责任感。他忙着勘测渠线，忙着拿出一整套的方案，甚至连回家结婚的时间都抽不出来。

林县县委书记杨贵带领的调查队，从山西省平顺县浊漳河找到了充足的水源，山西也同意引水，首先面临的问题就是：怎样精确测量，确保能够通水。

杨贵书记把这副担子压在了吴祖太的肩膀上。

渠首到坟头岭，距离约 70 公里，却只有 15 米的落差，还要绕着曲曲弯弯的太行山，任务是艰巨的。如果渠水能顺利流进坟头岭，就能灌溉林县50多万亩的土地，这是修建红旗渠的初衷；如果不能，就只是一个局部水利工程，和动用全县劳力是不成正比的。

杨贵书记听说过一个故事，也经常讲给吴祖太听。

在一个缺水的村庄，有一个人很想为老百姓办点实事，他看到老百姓吃水艰难而山后就有泉水，就想要是能把泉水引过来就好了——再也不用跑到后山爬那么高的山、走那么陡的路，而且，还能灌溉庄稼。于是他想修一条小石渠把后山的水引过来。他挨家挨户地说服了大家，大家按照土地亩数的多少筹集了钱给他，让他负责修建。日子一天天过去了，小渠一天天修长了，终于有一天，小渠成了，可以通水了，但谁也没有想到的是：水流不过来！原来，水平没测量好，导致这次致命的错误。钱花完了，却是一条废渠！他感到没脸再见乡亲，竟上吊自杀了。

“我们可不能做这劳民伤财的事啊！”杨贵书记语重心长地说。

吴祖太听后，陡然感到肩上的担子更重了。

但他没有犹豫，没有推辞，没有退缩，他勇敢地、坚定地、充满信心地从杨贵书记手里接过了这副重担。他天生就是个勤奋、不怕苦的人。困难愈大，干劲儿愈足。他始终没有忘记大禹治水的故事。他愿意接过重担，不辜负林县人民的期盼。他还担负着培养从农村抽调出来的30名水利技术员的任务，每天晚上都要辅导他们学习。

从红旗渠源头到坟头岭，坡度1/8000，就是说渠水每流过8000米，落差只能有1米。

当时全县只有两台水平仪和一台测量仪。全县只有他是科班出身，县委派出了35名水利技术员，沿着漳河测量。他带领测量小组，马上投入了测量工作。

在中国广袤的大地上，太行山以其磅礴的气势，雄踞在河南、河北、山西三省之间，是中国东部地区的重要山脉和地理分界线。北起北京，南至黄河，绵延800余里。

北太行以雄奇险秀著称，断崖高耸，峰险谷深，山山有断崖，处处是险峰。桃花瀑布有250多米高。

可就在这样的情况下，他毅然带着他的测量队出发了，走进了太

测量队爬上山头

行山的深山老林。或许有猴子，或许会遇上毒蛇，也或许会遇上狼，一切都是未知。有很多地方山高林密，有时树枝遮住了山谷，一次一脚没踩稳，滚了下去，他紧紧抱好怀里的测量工具，大家把他拉回来时，他身上有红伤也有青伤。

他要在这样的险山恶崖间仔细测量，反复核对，要顺着弯弯曲曲的山势测量出 1/8000 的渠线。

测量常常需要有一个合适的支点，可是水平仪在悬崖上，根本就找不到这个合适的支点，怎么办呢？吴祖太就让人用绳子把他吊在悬崖上，让水平仪放在自己肩膀上来测出渠线。有一次，坡特别陡，放不下水平仪器和三脚架，他就跪在地上测；还有一次他让人们手扶三脚架，自己站在人的肩膀上测，结果，扶三脚架的人手一抖，他在人身上一个趔趄，差一点摔下深深的悬崖。

要是天黑了没有村庄，他们晚上就找个山洞猫下来，啃的是冷窝窝，喝的是山泉水。

本着万无一失、精益求精的精神，吴祖太重复测量 4 次，最后，他对杨贵书记郑重地说："就是这 1/8000 的坡度，我们的设计没有问题，我可以用脑袋担保。"

时间流过 60 年，事实证明，他的测量是准确可靠的。

太行山上"硬豆腐"

太行山的春天再次来临，麦苗青青，菜花金黄，灌木在孕育她的嫩叶，小草正捧出她的花苞。漳河已换上活泼的春装，农民在挑水，孩子们在奔跑。

春天虽美，但还有更美、更吸引人的，那就是太行山上的许多“新生事物”。

你看，离渠岸不远处，有长方形的大“豆腐块”，长 16 米，宽 9 米，高 6 米，巍巍大山里，有这样的工程，看上去特别醒目。

“这是什么呢？”

记者小林来采访，看到了一个民工就拉住他问。民工一边干活一边说：“这个呀，是我们渠上的新型石灰窑，烧石灰用的。”

你随便拉住一个民工问问：这是什么呀？他保准会一边干活一边介绍说：“这个呀，是用来烧石灰的。”

小林纳闷了：“烧石灰？”

“对呀。红旗渠石灰用量太大了，总不能老从林县往这儿推吧？距离太远，路又不好走，太耽误时间和人工了。所以就有了这个新发明，渠修到哪儿，石灰就烧到哪儿。”

小林紧追不放，继续问：“烧石灰不都是用石灰窑吗？这个连窑都没有，怎么可能烧成石灰呢？温度能达到吗？有没有夹石①？”

民工笑了说：“你要想知道这么专业的问题，得问老范。”然后用手一指，“诺，那就是，他烧了一辈子的石灰，老行家。”

老范，名叫范景库，1903 年出生于姚村公社北杨家庄村，村东村西都是山，东边是青石山，山上的青石就可以烧石灰。他从小学烧石灰，现在烧了大半辈子石灰，在上红旗渠之前还靠烧石灰的手艺维持生活。来到红旗渠工地，他专门负责烧石灰。

原来，老范在听了县委“引漳入林”的动员令后，很激动，一门

① 夹石：原指煤炭中夹杂的石块，这里指没有烧透的石灰石。

心思想上“修渠一线”，为引漳入林出一把子力气。可是，村里却不同意：“红旗渠上都是青壮年劳力，你已经快60岁了，不行。”

后来，老范软磨硬泡，不停地找村干部：“我还烧石灰呀，我身子骨还结实着呐，再干十年都没问题……”村干部被他的精神感动了，最终同意了他的要求。

1960年2月，老范斗志昂扬地参加了红旗渠的建设，工作就是老本行——烧石灰。

这下老范可开心了！

每天，他就喜欢看渠上民工生龙活虎的样子，他就喜欢看大渠在民工手下一寸一寸地变长。大渠每长一寸，林县人民就离水近了一寸，有了水就能浇地，就能多打粮食，就能吃饱饭。自己虽然姓“饭”（范），可一辈子没有吃过几顿饱饭。他知道，这次修渠将要使千千万万的林县孩子不再有饥饿的记忆，不再有缺水的痛苦。

这里普及一下，传统的烧石灰方法是把石灰石放到石灰窑里，燃起熊熊烈火煅烧，温度在900℃以上时，石灰石就会分解为氧化钙和二氧化碳，二氧化碳飘散入空气中，留下的就是氧化钙，即生石灰了。

小林给老范讲了一个《石灰吟》的故事：明朝有个大官，名叫于谦，他12岁的时候，一个人到石灰窑前，看到了煅烧石灰的全过程。坚硬的青黑色石头变成软软的玉一样白的石灰，感叹不已，就写了一首《石灰吟》：

千锤万凿出深山，烈火焚烧若等闲。

粉身碎骨浑不怕，要留清白在人间。

这首诗以石灰为题材，写出了石灰带给人的启迪：要想甜，先吃苦。

小林想着、看着，生石灰淋上水，就会“滋滋”响，并且冒白烟，大量地放热，然后分解成石灰水流入坑里，凝固成石灰膏——这就是我们想要的，在红旗渠工地上必不可少的、最好的粘合剂，能保证渠墙、渠底不渗不漏，把渠做成“百年牢”，把每一滴水都妥妥地搬运回林县。

“那这个方法是怎么想出来的呢？”小林继续问。

“所有的烧石灰民工都开动脑筋想办法。”老范说自己也是其中的一个。他用自己这么多年烧石灰的经验，做了仔细的思考和大胆的尝试，几经摸索实验，提出了“明窑堆石烧灰法”。

“这有什么好处呢？”

“有啊！”老范说，“至少有三个好处：一是就地可烧很方便；二是省工省料不用建窑，节省时间和原料；三是上料出灰特方便，大大提高了效率。”

这种不用石灰窑的烧灰方法，最多的一次可烧灰 2000 吨。每吨石灰成本仅 8 元左右。

所以，就有了这个四四方方糊着麦秸泥的“硬豆腐块”，这是红旗渠上的“特色硬豆腐”。

“比原来简单很多吗？”小林又提出一个问题。老范说：“确实比较简单，跟烤红薯差不多，不过时间更长一些。简单说，就是把煤做成煤饼，然后一层煤饼一层石头，一层层把煤饼和石头垒起来，外面再用麦秸泥糊上，至少糊 5 厘米厚，防止透气散热，一边放料一边点火，封闭完成以后，需要派人日夜看守。万一发现哪里漏气，立马要把麦秸泥补上。”

他讲起了他上料的一些事儿。

烧石灰从雪里刨石头搬石头，往窑上抬石头、抬煤饼，棉袄上的雪花被煤气融化，变成水渗到棉袄里，棉袄变成了湿棉袄。下了窑头，冷气一冻，湿袄又变成了冰袄。一天不知道穿多少次湿袄和冰袄。夜里棉袄不会化，第二天还得穿冰袄。

下工往工房走，冰雪路上常有人滑倒，走一步滑一脚，常有人不慎跌倒。还有上冰雪坡，人上去，又滑下来，得两三个人互相拉着手才能上去。

“这石灰烧成需要多长时间呢？”

老范侃侃而谈：“烤红薯要一个小时，烧石灰需要七八天，再加上垒底座等时间，每烧一窑石灰一般需要 10 天。”

“这样露天烧石灰有哪些好处呢？”

“最大的好处是只要有场地、有煤、有石头，就可以随时随地烧石灰，不再受石灰窑的限制。”

“我看你们这儿也没有几个人，一直这样吗？”

“上完料就不需要太多的人了。等到了石灰出窑的日子，这里就像是赶集一样拥挤，渠上各连都会派人赶早来推石灰，村里也会派人来帮忙推石灰,来帮忙的人天不亮就得从家里出发。没有石灰‘这碗米’，你就做不成‘砌墙’这顿饭啊！”老范风趣地说。

“烧成的石灰有没有夹石呢？”小林打破砂锅问到底。

老范很得意地说：“放心吧！一点夹石都没有！我听了你讲的《石灰吟》，你得听听我的《石灰经》：

为防边缘有夹生，周围要贴大煤饼。

每隔三十（公分）呈‘丁’字，再加一块大煤饼。

上料集中一气成，火力上升要均匀。

记住诀窍看好火，保证烧灰不夹生。”

老范一边说，小林一边打着节拍和着。说完，小林拿出笔记本记了下来。又抬头问：“范爷爷，还有没有要补充的？”

“为了保证料体的稳定，可在料体四周，用块石适当打几个戗墩，尺寸可依料堆高度等情况决定……”

“有没有什么有趣的事呢？”“趣事？天天干活，哪有趣事。倒有危险事儿。”旁边的民工接口说：“一次，上料的时候，老范组织人员正在紧张有序地上料，窑底突然塌陷，窑边的老范一下子就掉进了大火坑，大家心想完了完了，不烧死也得呛死、憋死，就呼喊着急忙扔掉工具去救他，等把他拖出来的时候，火烧着了衣服，头发和眉毛已经被烧光了，手上烧起了大血泡——谢天谢地，尽管浑身已经是伤痕累累了，但毕竟还活着。”

老范被救出后，坐石头上呼哧呼哧地喘着气，大家赶紧给他包扎伤口，并送他回去休息。没想到，他休息了一会儿，就换上衣服，准备重新投入战斗。大家劝他：“你不要命了？”他却豁达地说：“没事！只要没烧死，就要继续干。”

老范还专门讲了讲在石灰窑如何装石头。装石头要分作两班人马，一班人在上面管装窑，一班人从窑下到窑上排成队，一个人挨着一个人，往上传石头。传石头中，最下面那个发石头的人是最苦的。有个外号叫“砸不烂”的民工，一马当先，担起了发石头的任务，当时根本没有手套，大家都赤裸着双手，就这样在积雪里刨石头，口里喊一声“嘿”，就把石头给搬出来了，马上就发，这时候他上面那个人，手要快，还要稳当，牢牢接住，然后马上往上传。每个往上传的人为了使别人做好准备，传石头的时候，嘴里都要喊一声“嗨”，然后上面的人接着再喊一声“嗨”，再往上传一块石头，“嗨嗨嗨”一连声地喊，直到听不见喊声了，那块石灰石才算传到窑顶上去了。

传递石头期间，如果听到民工说“咱改善改善”，那就是要换料啦，意思是要传大石头了。于是赶忙摆开八字步站稳，咬住牙，憋住气，这时候一块百余斤的石灰石就传上来了。民工把石头牢牢抱在怀里，再一个一个往上传，每搬一次大石头，人们身上立即发了热，搬上十多次，头上脸上就像坐在火上的锅一样冒起了热气。这时候雪花不断落下来，人身上的热气不断地升上去，雪花化成了雪水，渗透进棉袄，每个人的背上都是暖乎乎的，好像用热水浇了一样。就这样搬一会儿大的，再搬一会儿小的，保持身上温暖。身上要是凉了，有人就提要求说："再改善改善呗！"于是再搬一会儿大石头。这样人们身上的汗就又像烟雾一样蒸腾开了。天黑下工时棉袄被冷风一吹，都冻成了硬邦邦的冰甲，好像裹上了一块大冰块儿。就这，他们还笑着说："我们穿的是'冰袄'，走遍世界买不到！"

小林在采访中还了解到，在整个红旗渠工地，共用石灰 14.5 万吨，全由工地民工自己烧制，仅这一项，就为国家节约资金 232 万元。

工地自力更生烧石灰的方法，得到了县委领导的肯定，也铸就了"自力更生，艰苦创业，团结协作，无私奉献"的红旗渠精神。1966 年，范景库被评为"红旗渠建设甲等模范"，胸前戴上了大红花。

第二章　一锤一钎著史诗

凿通“咽喉”青年洞

青年洞位于任村镇卢家拐村西，进口左侧为一条深沟，崖壁陡，西侧是一面崖壁，像“弓”形，如同鬼斧神工一刀切，岩石青一块、白一块、紫一块，构成一幅丑怪险恶的画面，人称“小鬼脸”，素有“小鬼脸，顶着天，山高鸟难飞，崖陡猴难攀”之称。东面是巨石累累的狼牙山，上边是金鸡垴，穿过狼牙山，便可到卢家拐寺沟，是红旗渠的又一艰险工段。

总干渠动工后，横水公社民工曾在这里绕山开明渠，县委和总指挥部领导、技术人员通过现场考察，认为开明渠路线长，费工费料，确定开凿隧洞穿山而过。1960 年 3 月 4 日，总指挥部向共青团红旗渠委员会部署任务说：“共青团是党的助手，你们是青年的旗手，把卢家拐隧洞开凿任务交给你们。”工地团委无条件地接受了这一艰巨任务。

3 月 5 日，工地团委书记张汉良（城关公社北关西村人）和技术人员钟志远（四川人）等四人来到工地，他们看着清一色的崖壁，研究施工办法。横水公社九家庄村青年贾九虎腰系绳索，凌空作业，在崖崭上挖出炮眼，打响了开凿青年洞的炮声。又选出四名炮手，用高木杆把炸药包顶在石壁上放炮，硬是炸开一条梯形小道，为民工施工扫除了障碍，接着大队人马上阵。横水公社组织320名青年民工施工。青年们为增加工作面，加快工程进度，在金鸡垴上设下三角套桩，腰系绳索，手拿锤钎，悬空作业，在隧洞外壁开出五个旁洞，增加了10个工作面，共12个工作面。但渠道山势弯曲而行，在悬崖绝壁上的几个工作面能不能对准是个难题。分管此段工程测量的技术员钟志远，终日在崖壁上爬上爬下，进行复测，认真负责，一丝不苟。在开凿青年洞的过程中，面对艰巨的施工任务，工地团委利用晚上召开团员青年会，一遍又一遍地学习《愚公移山》等著作，学习刘胡兰、董存瑞等革命先烈的英雄事迹，提高青年们的凿洞勇气。

郭福贵，横水公社郭家窑大队人，共产党员，退伍军人，任第二突击队队长，主攻开辟二号旁洞。施工处是青年洞最险要的地方，在阳风山半腰中，往下看是几十丈深的悬崖峭壁，往上看巨石压顶，向外倾斜，好像快要倒下来。他带着两个青年炮手，腰系绳索，像壁虎一样在悬崖上抡锤、打钎、放炮，他鼓励大家说：“为了修成红旗渠，即便在这里牺牲了，比泰山还重。等大渠建成了，咱们在这里立上一块石碑，让后代知道他的前辈都是英雄好汉。”他们以移山填海的决心，一锤锤、一钎钎地苦干，一寸寸地向大山腹部凿进。郭福贵有六次受伤，都不让领导知道，暗暗忍受疼痛，坚持不下“火线”。一天深夜，刚放了炮，洞内烟雾弥漫，郭福贵就第一个钻进洞内除险，用铁锤打掉活石。就在这时，一块石头滚下来，砸伤了他的脚。这是他第七次负伤。大家把他抬进工地医院，可是，他争强好胜，离开工地总是放心不下，一怕工地出事故，二怕进度慢，三怕流动红旗被别单位夺走，第二天又一瘸一拐地来到洞内。他的威名在工地传颂，后来被评为“红旗渠建设特等模范”。

1960 年 11 月，工地党委执行上级“百日休整”指示后，改从全县修渠民工中抽调 300 名青年组成突击队，在漳河库渠管理所干部岳松栋带领下继续施工。因该工程施工由总指挥部共青团组织分工负责，凿洞民工由青年组成，故取名为“青年洞”。

工地的青年们一致表示：宁愿苦干，不愿苦熬，坚决拿下小鬼脸。小鬼脸上钻个洞，牵着龙王穿山行。石头坚硬如钢，一锤下去，只能打个白点儿，工效太低。从洛阳市借来一部风钻机，只钻了 0.3 米深，就毁掉 40 余个钻头。从外地买回来的钻头不是硬就是软，唯独洛阳产的钻头勉强能用。为了解决钻头困难，从横水公社机械厂调来两名技工，琢磨洞子中岩石的特性，研究洛阳钻头的优点，经多次试验，研制出既不软又不硬的钻头，供给风钻机使用。然而风钻机移动不便，也不能满足工程需要，不久就停止使用，全靠人工抡锤打，一锤一钎，强攻硬打。他们抡背锤，舞圆锤，站着打，跪着敲，手震得麻木，胳膊酸疼，谁也不叫苦喊累。

洞子钻深后，又出现了新问题。洞子越深，里面越黑，不仅看不清钎子，就是开始进洞都看不清楚。他们想了好多办法。开始用汽灯，一盏两盏不管用，多点几盏吧，油烟气味又呛得大家顶不住。后来，他们改用马灯照着打钎，可是马灯的亮度有限，打起钎来等于摸着黑干。后来，他们又想到了更好的办法，就是用柴油机发电照明。他们说干就干，连夜到指挥部抬来了发电机，边安装，边架线，两天没到头，洞子里一片雪亮。

解决了照明问题，青年们如虎添翼，工程进度突飞猛进。

开凿青年洞时，正值严冬，缺粮少菜，缺钱短物，任务繁重，生活艰难，很多人得了浮肿病。大家吃不饱饭，就上山采野菜，下漳河捞河草，佐以主食充饥。为了鼓舞大家的斗志，指挥部利用晚上开民工会，学习毛主席著作，忆苦思甜，听听毛主席的教导，想想自己是咋想的，咋干的，对照思想，解决问题，克服困难，提高勇气。总指挥部把毛泽东“穷则思变,要干,要革命”“愚公移山,改造中国”“人民，只有人民，才是创造世界历史的动力”等语录写到太行石壁上。采桑公社宋老峪村青年秦来吉在战地专栏上作诗抒发自己的革命意志：“毛泽东思想导航向,越学心里越亮堂。寒流滚滚铸斗志,狂风飞雪无阻挡。大山肚里春潮涌，喜迎太行山花放。”青年们抒发的豪言壮语，更是随处可见：“苦不苦，想想长征二万五；累不累，想想革命老前辈。”“为了后辈享幸福，再苦再累也心甘。”“撼山易，撼建渠民工斗志难。”用饱满的革命热情，提高大家克服困难的信心和勇气。1961 年 2 月，中共河南省委书记处书记史向生来到红旗渠工地视察，县委第一书记杨贵、副县长马有金、桑耳庄大队省劳模成百福陪同，进入青年洞内和民工交谈，对他们勒紧腰带、顽强奋战的精神十分敬佩，鼓励他们一鼓作气，打通青年洞，并在洞内和建渠民工合影留念。

总指挥部干部和青年们并肩战斗，发扬蚂蚁啃骨头精神，夜以继日，加班加点，还创造了“三角炮”“瓦缸炮”“连环炮”“立切炮”“抬炮”等爆破凿洞新技术,使每个工作面日进度由 0.3 米提高到 1 米、1.4 米，直到 2.8 米。

随着施工速度的加快，12 个工作面上，小红旗在不断地飘扬。相对工作面听到了对面的锤声，炮声过后，一个个洞被打通了。

1961 年 7 月 15 日，是突击队的青年们最高兴的日子。他们开始听到了对面的锤声，再后来听到了对面的说话声。青年们越干劲越大，该放炮下山休息了，大伙儿才出了洞，可不舍得走。炮声一响，大家

凿通后的青年洞

又跑进洞里干了起来。

“通了！”“通了！”

大家看到洞被打通了，高兴地喊了起来。有的人高兴地在洞里跑了个来回。正在山下休息的青年们听到洞打通了的消息，也都高兴地跑上山来，他们喊呀，唱呀，跳呀，一直不舍得下山吃饭。

经过一年零五个月的艰苦奋战，终于把岩洞凿通了，他们能不高兴吗？他们挥笔疾书，把自己的豪言壮语写在了洞壁上：

小鬼脸，把渠挡，
革命青年当闯将。
凿条山洞流渠水，
力量来自党培养。
闯过千难和万险，
当今愚公斗志昂！
千山万水我指点，
定叫山河换新装！

一边拔牙一边飞的除险英雄

走进红旗渠纪念馆，你会看到这样一幅照片：高高的、青黑色的悬崖上，修渠的民工腰间系着大绳，手里握着带钩长杆，荡在空中除险。你还会看到除险队长、红旗渠甲等劳模任羊成的特写：黑白照片上，他头戴柳条编的安全帽，腰间拴着鸡蛋粗的绳子，咧着嘴淳朴、憨厚地笑着。他嘴里，露出一个个大黑洞。修渠时年龄并不大，怎么缺这么多牙齿呢？故事要从决战鸻鹉崖讲起。

鸻鹉崖在林县和山西省平顺县的交界处，是红旗渠总干渠上的一座险峰，它岩石坚硬，地势险恶，高高耸立在漳河南岸。城关公社民工负责在这里修渠。工地上人欢马叫，热火朝天，水英和姐妹们忙着抬石头，技术员忙着找渠线，大家争先恐后，力争加快施工进度。

这天，民工师傅打好炮眼、装填炸药，放了几个惊天动地的老炮，把鸧鹚崖给崩了个拦腰斩断，鸧鹚崖一下矮了 80 多米。

炮声过后，忽然间，工地一下子沉寂了，人们惊呆了，不一会儿又传来了哭声，人们不敢看悬崖上的那一抹红色，不敢看荆棘棵上挂着的东西，也不敢看刚刚还生龙活虎的工友……

原来，一块巨石从山上滚落，肆无忌惮地从正在工作的民工身上压过，这是一次特大事故，九死一伤。

水英脸上满是泪水，和她一起来修渠的工友，她的好伙伴、好闺蜜，结婚刚满一个月，此刻却牺牲了。石头砸过后，尸首不全，血肉模糊中，她找到了好伙伴的一条腿，她认出了那双尼龙袜，那是好伙伴结婚时新买的。水英泣不成声，回去怎么向她好闺蜜的娘交代啊？她娘就这么一个女儿，刚刚还活蹦乱跳的一个人，一瞬间就成了一具尸体。水英接受不了这个残酷的现实。

负责施工的领导来了，那么高大的男人，失声痛哭，这是好几条人命啊！

民工们不知所措。一时间，工地全线情绪消沉。有的惧怕悬崖顶上的活石头，再掉下来怎么办？有的还说“放炮惹恼了鸧鹚精”，整个工地的气氛阴森恐怖。一个民工走在路上，忽然听到石头“嘎吱嘎吱”响，怕石头掉下来砸住，吓得扭头就跑，结果掉下山崖，随即搂着肚子疼得满地打滚，最后做手术才治好，原来是把肠子摔扭了。于是，民工们再也不敢天不亮就到工地，往往天不黑就急忙收工。

领导们一面安抚民工，一面在积极寻找攻克鸧鹚崖的方法。鸧鹚崖工程暂时被迫停工，人员也抽调到别的工地。

过了几个月，时间到了 9 月，总指挥部要重新组织精兵强将，针对鸧鹚崖举行一场大会战。

六七天时间，报名人数就有 15000 人。后来从中挑选 5000 人，分成 15 个队，再次攻坚鸧鹉崖。

首先要解决除险的问题，坚决杜绝像上次一样的事故再发生。

谁能担此重任？

有一个人站起来，他说："修渠就是打仗，打仗就有牺牲。我们不能因为有牺牲，就不打仗，不能因为艰苦，就不下崭除险。要除险，我去！我是党员，我愿意去把活石头弄下去，给大家开路。"

除险队长任羊成

说话的人是任村公社的任羊成。

"我也参加！"一个人站出来报名参加。

"我也报名！"又一个人站出来报名参加。

"也算我一个！"第三个人站了出来……

很快，他们组织了一支 12 位勇士参加的除险队。他们第一次攀上 70 多丈高的鸧鹉崖上观察地形时，两位当地老汉看见了，就让他们赶紧下来，好心地劝说："那不能上！那儿摔死过好几个人，那是见阎王的地方！"可任羊成还是上去了。为了除险，任羊成已经把生死置之度外了。

从这天开始，他每天腰拴绳子，手拿长长的除险工具，在这个又陡又高、山风又大的悬崖绝壁上，开始了每天的除险工作，常常像老鹰一样在悬崖峭壁上"飞来飞去"。后来他们的除险队就被称为"飞虎神鹰除险队"，任羊成担任队长。

凌空除险

除险的工作，每一天都非常艰苦，也非常危险，呼啸的山风使足了劲儿吹他："走开！这是我的地盘。"悬崖把身子站得直溜溜地赶他："让开，我不会让你上去的。"但任羊成的心里憋着一股劲，每天勇往直前，从不退缩。

你看，高高的鸻鹉崖上垂下了一根绳子，绳上拴着任羊成，当绳子越放越长，那个人就像是从天而降，又像一只展翅飞翔的老鹰，还像一只倒飞的风筝，忽然，"风筝"在空中荡起来，而且荡得越来越厉害，队员们知道，他是为了借助惯性进入到这个凹进去的哈崖里头去，可哈崖太深了，荡了几次都没有进去。只见他调整了一下姿势，发起了第二轮的"攻击"，两脚猛地一蹬悬崖，身子就向外弹出，然后又像荡秋千一样荡回来，一下，又一下，越荡越远，看的人心脏都跟着"扑通扑通"乱跳，真想捂上眼睛，等他自己觉得荡得够远了，"呼"地一声钻进去，手中带钩的钢钎一钩，又准又狠，一块石头"轰轰隆隆"翻着一连串的跟头落下山崖，人们长出一口气；他并没有停下来，继续寻找哈崖里的活石头，一块又一块活石头从悬崖上掉落，"咕咚""咕咚"砸在工地上，又滴溜溜滚进山谷。

由于任羊成不惧艰险带头除险，慢慢地，大家就都传说："除险队长任羊成，阎王殿里报了名。"

一天午饭后，任羊成在虎口崖除险，扫清了一段活石头后，需要再往下降绳子，就抬头向山上的队友喊话，结果刚刚抬起头，话儿还没出口，一块拳头大小的石头扑面而来，不偏不倚，正砸在他的嘴上。任羊成感到脑袋"嗡"的一声，就失去了知觉。他在空中旋转起来，像风吹着一片叶子。旋转是个很危险的信号，绳子会越勒越紧，能把人勒死！因为失去平衡，旋转的身体会碰上山崖，不死也要受伤；但也不能盲目往上拉，因为他昏过去了，往上拉很有可能碰上悬崖，照样非死即伤。过了好一会儿，他才醒过来，醒过来他居然想：你砸你的，我干我的，只要砸不死，我就继续干！

于是又仰起头准备向崖上喊话。但是他连着张了几次嘴，却怎么也喊不出话来，只觉得嘴是麻木的，又好像有东西压在舌头上，无论如何都难以发出声音。这是怎么回事？

他用手一摸，原来一排门牙竟被落石砸掉，压住了舌头。舌头已经破了，鲜红的血满嘴都是……

他根本没有时间多想，一伸手摸出挂在腰间的钳子，张开嘴巴就把钳子伸进去，钳住牙齿一用力，两颗血淋淋的牙齿就拔出来了，嘴里还是不得劲儿，用手一摸，还有一颗，又把钳子伸进去，果然又拔出一颗来，鲜红的血顺着嘴角流下来，连拔三颗牙齿的他疼得直打哆嗦、冒冷汗。他多想坐下来休息一下，哪怕是喘口气、攒攒劲儿也行，可是，他不能这样。不能被别人看到一丝一毫的异样，更不能让人知道他受了伤，不能！万一让刚刚安心的人们恐慌起来，那可怎么办？况且，自己不除了险，崖下的民工没法上工，算了！他就这么使劲儿闭上嘴唇硬忍着，又在空中和往常一样工作，一直到天黑了，才收工回去，那时已经砸掉牙齿六七个小时。

回去后嘴就肿得像个葫芦，吃不了饭，他背着人喝了一碗野菜汤，就早早躺下休息了。

第二天出工的时候，他的脸上多了一副口罩，副县长马有金看见了，说：“羊成，咋戴上口罩了？”

“风吹的牙疼。”任羊成若无其事地回答。

“昨天晚上你怎么一直哼哼？”

“我没有哼哼，肯定是你听错了。”

“别哄我了，我命令你停止下崭，去医院看病。”

“不碍事，放心吧。”任羊成并没有听马副县长的“命令”，他同战友们一起，又投入了紧张的战斗。

从修鸻鹉崖开始，任羊成就成了除险的代名词。

那几颗牙齿，已经留在太行山上，与山石融为一体。

比“流沙墓”还难挖的石子山

古时候有一种墓葬，叫“流沙墓”。它回填的时候设计了流沙层和乱石层。盗洞打到流沙层，就无法进行了，因为干燥的、会流动的黄沙将源源不断地流向盗洞，永远清理不完——除非把回填的黄沙全部清理掉。这些黄沙层，至少三四米甚至更厚，往往有几十吨甚至上百吨。而且不仅仅是黄沙，还有边沿锋利、有尖有棱的石头，这些石头小的三四公斤，大的几十甚至上百公斤，会顺着黄沙的流动而流出来成为暗器，具有很大的杀伤力，因此，流沙墓非常难挖，一般见了都会躲开它。

石子山，是由鹅卵石和流沙堆积在一起的山体，黏结度差，石质松散，微风轻吹，满山遍野就会唰唰地响，山坡上的大小石头像冰雹一样乒乒乓乓地往下滚。它上部有130米厚的鹅卵石堆积层，下部是30米厚的鹅卵石堆积层，好比是石碴上放了高高的一堆鸡蛋，拿一个鸡蛋，无数个鸡蛋就会滚下来。石头常常滚来滚去的，都磨圆了，棱角磨下的细沙在石头缝间充当润滑剂。130米高的鹅卵石堆积层，风来了，满山石头乱滚。山上没有树木，没有花草，只有死一般沉寂的石头蛋。站在漳河北岸纵观整座石子山，无论山坡和山崖，都是卵石的组合，任谁也不敢轻易触动，不然沙石就会一齐往下滚。民谣唱道：

石子山，鬼门关，腰系白云峰触天。
大风呼呼绕山转，飞沙走石往下翻。
猴子不敢上，禽鸟也难沾。
风沙弥漫漳河岸，尘烟滚滚把路拦。
吼声震得山谷响，登山好比上天难。

可红旗渠必须从石子山下通过，如何削去险峰上的卵石，让林县人修成红旗渠？马有金副县长带着好几个分指挥长和有经验的放炮专家，来到石子山考察。

就在此时石子山借助一阵风，就滚下了好多西瓜一样大的石头，石头一个接一个，在路上还不停地变道，“轰轰隆隆”如轰鸣的火车冲下来，人们急忙躲避。马副县长刚离开，石头就从他刚才站的地方滚过，一路向前“扑通扑通”几声掉进了漳河里——这算是石子山给马县长他们的见面礼，它告诉马县长：想把渠修过去，没门！

马县长他们只是灵巧躲闪，并不害怕，坚定地说：“在这里修定了，无论多大的困难，都要克服。”

山有山的嚣张资本，人有人的坚定想法。人们的目标很清晰，就是把多余的石头挖掉，露出渠线，然后砌渠引水。

说起来容易做起难。马县长来到工地时，见微风轻吹，满山的鹅卵石往下滚，施工难度很大，就急忙找张立根，同他一起研究征服石子山的施工方案和措施。马有金对张立根说：“老张啊！我们看问题要着眼于现实情况，石子山不敢见风，一刮就往下掉石头，我看，目前主要抓两方面：一是注意安全，每个民工时刻都不能离开安全帽；二是想办法先用炮把上下工的道路炸开，才能保证施工正常进行。”

“马副县长！咱俩算是想到一起了，我一连想了好几天，没有别的办法，这就是最佳方案，我就是一时拿不定主意，经你这一指点，我就决定这样干了。”张立根说。

于是决定，用老炮崩，这是最可行、最稳妥的办法。只有这样才能把石子山彻底解决掉，一劳永逸，不留后患，然后清理石块露出渠线。

凡事需要一步一步来，既然查看了山形、地势，又有了方案，下

运输物资的车辆行走在悬崖边简易路上

一步就是找炮眼的最佳位置，看看在哪里打炮眼、下炸药能崩出最佳效果。按照放炮专家和技术人员的测评，大炮眼的最佳位置，就在这石子山的山腰。

上山才知道，因为石头都是活动的，脚踩的地儿都没有，每一脚都可能踩掉石头把人摔下去；而且上面也是活石头，不但不能手攀，还极有可能滚落下来砸伤人，人要真是滚下去了，连个全尸都不能保全。

民工中自有胆大心细的优秀青年，比如共青团员原文才，此时此刻，勇敢地站了起来，在石子山面前，甘当第一枚过河卒。

他把鸡蛋粗的大绳拴在腰间，弯着腰，小心地迈着碎步，每挪一步都小心翼翼。往上看，一眼望不到顶，全是鹅卵石，大如西瓜，小如拳头；往下看，全是石头，望不到边，稍微一分心，脚步一个趔趄，蹬下了一块石头，石头"咕噜噜"滚下去，好一会儿才"扑通"掉进河里。

他稳住脚步，深深地吸了一口气，告诫自己："胆要大，步要轻，成功了，就是英雄；心放平，气出匀，万一牺牲，也是英雄！所以，没啥好顾虑的，走好每一步，就是赢！"他调整好呼吸，调整好脚步和心态，终于一步一步挪到炮眼的位置。

看他已经到位，第二个人、第三个人也上来了，都学着他的样子，一步一步挪到打炮眼的位置，他们就这样用绳子吊着打炮眼，苦战10个昼夜，打成了一个大炮眼，深18米，直径3.5米，再往下拐6米。一共装了2100多公斤炸药和260个雷管。

一声巨响过后，山崩石裂，石子山整个儿开了花，山体"哗啦啦"倾泻到了深谷里。

可是，石子山的清理和挖黄沙是一样的道理。你挖一块，它就从山上滚落两块，你背两块，它就滚落四块，石子山的石头越挖越多。

石子山死而不僵。看着漫山遍野的活石头,大家只能一块一块地抬。

在开挖渠道基础时清理出来的大石头，每块都有 100 多斤重，因下雨被泡在了泥浆里，民工们费了九牛二虎之力，才用铁绳拴住了，结果穿上杠子一抬,就又滑掉了。用双手去搬吧,到处是稀泥没法下手，一个个正急得挠头跺脚，此时此刻，马有金站在那里想:人不能太死板，不能一味地盲目去干，要灵活运用，需要咋干就咋干才行。心里想着，他抬脚就向那堆大石头走去，用手指着一块 120 多斤重的大石头，回头对正在清基础的民工说："你们来俩人，把这块石头抬起来给我放在肩膀上，让我试试用肩膀背中不中。"

说着话，马有金就蹲在了地上，民工们看着他，不知道他葫芦里卖的什么药。马有金不理会质疑的目光，依旧让人给他抬到肩膀上一块大石头,扛起来就走,走到崖边一转身,"轰"地一声就扔进了漳河里，溅起了好大一朵水花。有人惊讶："满山坡的石头，你确定能背完？"

"马县长，你不会让我们一块一块背吧？"

"你们有什么好办法吗？没有！那就只有用这个笨办法了，我们有的是人，把大家集中一下，咱们来一个歼灭战！山上的石头搬一块少一块，我就不信它还会多起来？"马县长一边说一边又背起一块石头往崖边走去。

所有的人都明白了，马县长就是要背石头！没有第二条路，只有用"蚂蚁啃骨头"的办法。这让人想到了愚公移山的故事，愚公凭借"子子孙孙无穷尽"的精神，搬掉了门口的两座大山，我们要凭借"万众一心拧成一股绳"的精神，把石头一块一块搬走。

有的用肩膀扛，有的用手抱，有的两个人抬……在场的人全部投入战斗，连不在场的都赶紧跑来参战。

早上，马有金被一种声音吵醒了。这不是微风的声音，不是狂风的声音，也不是石头雨的声音，而是成千上万人的脚步声，是数不清的独轮手推车滚动的声音，是钢钎撞击鹅卵石发出的声音，是带有浓郁豫北腔调的林县老百姓的口音……

人心齐，泰山移。经过了七天的抬石头、背石头、搬石头，终于把石子山上的活鹅卵石清理得一干二净。

石子山不甘示弱，它还有最后一招——流沙、石子。清理这些和清理流沙墓难度相当。

晚上，大家七嘴八舌地讨论如何处理流沙、石子。有人说，石头从这么高的地方滚落下来，它就是借助长长的山坡，长长的山坡就是它的“轨道”，我们能不能把它的“轨道”给破坏掉？”

“对呀，对呀，我们给它挖断！”

说干就干，他们在斜山坡上拦腰挖了一道又一道深深的沟。还去割来荆条，编成防护网，防护网后面用钢钎做第二道防护，再往后设立好几道石岸，这样几道防线做下来，彻底粉碎了石子山的“流沙石子”武器。

最后，石子山借着风发起了最后的总攻，“哗哗”地泄下了好多流沙、碎石，但是这些碎石块儿无一例外都被那道深深的沟给“吞”掉了。

红旗渠工地的民工，用最原始却又最有效的办法，不惧苦难，终于成功战胜了石子山，让红旗渠水顺利通过。

3898 米的曙光洞是怎样打通的

红旗渠总干渠通水了！

村里的男女老少都跑去看，女的穿着压箱子底儿的方格布衫，男的也找了过年的衣裳穿着。王师存和傅黑旦也到了分水岭。黑压压的到处都是人，渠水哗哗地流过来，水珠翻着跟头欢快地一路流淌着……一个老大娘用绳子系着茶缸打了一茶缸水，美美地喝了一口："真甜啊！"

这可真让人眼馋啊！傅黑旦拉着王师存，专门跑到一块地里看了看人家的水浇地。只见渠水流过处，土地上"滋滋"响着、冒着泡，浇过后的麦子当即变得绿油油的。

"有水就有粮啊！"王师存说，"咱要是有了水，就能吃饱了。"

"水为啥来不了？"

"咱这儿有堵'墙'，把水给堵外头了。"

"把墙拆了。"

"那墙可厚了。"

"从墙上掏个洞。"

晚上，大家都聚集在王师存家商量这个事儿。有人说："人家地理位置好，麦苗青青，咱山窝窝，水来不了啊。"

黑旦不服气地说："人家也是两只手，我们也有两只手，人家能修渠通水，咱为啥不能？"

"为啥不能？你问得轻巧！隔着一座山呢，那是闹着玩呢？"

黑旦继续说：“可红旗渠干渠不也是劈山修渠嘛，人家能劈，我们为啥不能劈山修渠！我们就比人家少个啥吗？”

“人家人家，人家能成，咱就一定能成？你知道那多难？成年钻山肚子里头，两头见星星，像个地老鼠。”

黑旦不服输：“不就是艰难了一年吗，总比祖祖辈辈受罪强。”

“你……”

王师存说话了：“大家不要吵，都说说自己的想法。”

顿了顿，有人开始说话：“我们修渠不容易，头一件事就是这座山，就像铜墙铁壁。这是一座青石头山啊！可不是个土馒头，不能蛮干啊。不然到时候山没挖通，人累趴下了，才是两头不讨好。不修，起码不用累死累活的。”

“嘿！你怎么就知道修不通呢？干渠都修通了，已经有了经验，我们向人家学习学习经验，应该修得更快啊。”黑旦站了起来。

“就是，不要怕吃苦，苦个一年半载，只要水来了就好了；要是怕苦，一辈子吃苦，熬不到头。”一个人跟着黑旦站起来说。

“就是，一个月修不成就两个月，一年修不成就两年，总有修成的时候，我愿意去修。”又一个人表态。

王师存一拍桌子站了起来，讲了一句话：“不修，没有活路。修，也不容易，但我主张修！宁愿苦干，不愿苦熬！咱们举手表决一下。”

“我愿意修。”

“我也愿意。”

很多人站起来。

东岗的隧洞当然由东岗人来修。隧洞全长约 3898 米，宽 2 米，高 2 米。决定了挖山，可如何挖呢？如何更快更好地把这个洞挖成，必须靠大家群策群力。

有的说：“苦干是必须的，但是应该巧干，我们不怕苦，但是要讲究方法。”

有的感到困难很大：“洞太长了，一天挖两米，两头挖 4 米，需要 1000 天，这不行，我们必须想办法加快速度。”

夜深了，煤油灯发出微弱的光。屋子冷了，王师存起身去添煤，捅了捅火，又摇一摇，煤渣漏了下去，有了空气，火苗子顺着火柱往上冒。看着这情形，王师存忽然灵机一动：“咱们可以多打几个洞！打好多个竖井，不就增加了作业面，快了嘛。”

“对，青年洞就是打了旁洞的。咱们让旁洞竖起来，打竖井。”

大家都觉得这个思路好，纷纷来了精神。

“磨刀不误砍柴工。后期还可以把这些竖井利用起来。”

大家眼睛一亮：“怎么个利用法？”

“你看，我们打了个竖井，它不是一个干巴巴的洞，底下是有一条河的，有红旗渠水哗哗流淌的呀，这口井它就相当于一口活水井。”

大家不约而同地坐直了身子，扭过脖子瞪大眼睛看着他，然后不约而同地一拍大腿说：“对呀！这竖井可不就是一个一个活水井。”

“有了活水井，竖井旁边的高岗地都可以抽水浇地了。太好了！”

这次会议结束后，就打了 30 多个竖井。竖井工作有几个难点：排烟、排水、安全问题。

今天刚从工地回来的人说，洞里的烟五六个小时都排不出去。这是施工中最大的障碍，严重影响工程的进度。这真是头疼事儿。

后来有人想出了办法，用筐子插满新鲜树枝，一上一下提拉，促进烟雾排出。排烟的难题于是解决了。

洞中的出水也是个问题。开始的时候，人们在洞底挖了一条小沟来排水，后来水多，排水困难了，洞里的石灰都和成了稀泥。王师存的腿上有磕碰的伤口，被石灰一刺激，流脓不止，他硬是一声不吭，把伤掩着，从没有耽误抡锤打钎。后来水实在太多了，王师存想办法借到了抽水机，用抽水机和水桶往外排水，排一会儿水，挖一会儿洞，再排，再挖，就这样循环往复地挖洞，直到一年多以后洞挖成。

这么长的隧洞，地质情况很复杂。

王师存和傅黑旦在洞里叮叮当当地抡锤。王师存说："今天的工作做得不赖！进度比较快，回去让你娘给你煮玉米面疙瘩吃。"

傅黑旦憨厚地笑了一声："来，继续干。"

王师存说罢，又抡起老锤，一口气砸了 120 下，然后停下喘气。

傅黑旦正在掏渣，一块石头"咕咚"一声掉了下来，震得他一回头，不过，他很快安静下来，偶尔掉个石头也正常，他想。"咕咚"又是一块石头，紧接着石头接二连三落下来，王师存大喊："不好！赶紧撤。"但是已经来不及了，落石像一发发小"炮弹"，很快堵住了出口……

外面的人赶紧组织人员挖洞救人！

首先要保证空气流通，大家用鼓风机往里面吹风，一边吹风，一边拼命地挖洞。

他俩也没有闲着，塌方后，傅黑旦一屁股坐下去了，这可怎么办？王师存鼓励他："外面的人肯定在救我们。我们不能闲着，我们一定要出去！只要马灯不灭就有空气，我们就能活着！有力气的时候我们挖洞自己救自己，累了歇一歇，不要做没用的体力消耗，我们一定要出去！"看王师存这么自信，黑旦站起来，积极挖洞自救，不时用钢钎撞击洞壁，把自己还活着的信号传出去。

终于，外面的人听到了钢钎撞击洞的声音，尽管那么微弱，但证明他们都还活着呀！

"大家加把劲儿啊！快挖通了，他们在给我们发信号了！"老尹大声向挖洞的人喊。

也有人拿起钢钎回应，为了防止顶上的石头掉下来，有人专门看着顶上的活石头，保护大家的安全。

钢钎的声音，越来越清晰。

终于从洞上方挖出了一个小口，看到头顶露出的光亮，王师存和傅黑旦长长地舒了一口气，可亲可敬的乡亲们，终于把我们从死神手里抢回来了！

大家赶紧喊："老王老王，黑旦黑旦，你们还好吧！"

"我们都好好的。"

王师存把黑旦推出来，又把工具递出来，最后自己才在民工的帮助下爬出来。

此后，他们狠抓安全问题，艰苦奋斗，又发明了边凿洞边券顶的方法，彻底解决了塌方问题。

历时一年零四个月，东岗公社人民终于挖通了近4000米的曙光洞，从此高岗地变成了水浇田，摆脱了靠天吃饭的困境。他们用自己辛勤的双手，日夜奋战，换来了水满渠、粮满仓。

老马"龙宫会妖精"

倾盆暴雨已经下了几天几夜。山洪汇成了巨流，横冲直撞，奔涌咆哮，扑向南谷洞水库。南谷洞水库，拦的是露水河水，当时还没有竣工，为了适应灌溉的需要，积蓄了半库水。

安阳地委书记崔广华打来电话："马有金，浚县已经淹了，安阳桥已经上水，南谷洞水库一定要保证不出问题啊！南谷洞山洪如果牵制不住，不仅我们受灾，还要殃及其他地方！”

南谷洞水库严防死守。泄洪口将洪水有秩序地引向了各个渠道，但水面仍在不断上涨。南谷洞水库正经受着生命中的第一次严峻考验。

众人目不转睛地盯着水库里每一寸水面的动静……岸上备足了小山一样的防洪物资……

大家严阵以待！

雨下得越来越急，全都汇聚奔赴南谷洞水库。山上山下，深沟浅壑，处处河满沟平。

突然，坝基背面掀起一个小漩涡——漏水啦！

南谷洞水库

必须尽快堵住，马副县长搬起一个装满沙土的麻袋，“扑通”一声扔向漏水的地方，水库的干部、职工、民工，一个个奋勇搬起麻袋，一包又一包，向漏水的地方投去，可一眨眼就被水吞没了。很快，大家又把一块十米见方的大帆布投进水里，想找出漏水的方位，可洪水怒吼着，一下就把帆布拽走了、吞没了……

必须尽快堵住，可连漏水的方位都不能确定，怎么堵？

“来！让我下龙宫会会这个妖精。”话音未落，老马“扑通”一声就跳进水库，随即就没入洪水中……一下子，世界仿佛静止了。

“老马！老马！”

“马副县长，你上来，我去！”

“危险啊……”

没有人回答，只听见雨的声音，风的声音，洪水拍击的声音，只看到无边雨幕，白浪翻滚，水势滔滔……掩盖了一切人们想知道的。

雨仿佛更猛了，山洪咆哮得更嚣张了，人们的心提到了嗓子眼儿……

旋涡好像更大了……

马副县长还没有上来……

不知过了多长时间，坝上的人们再也等不及了，他们缓缓拉动系着老马的绳子，这绳子，一头连着人间，一头连着阎王殿，他们小心翼翼地拉，绳子顺利地往回收，再收，终于，老马露出水面了。

“老马！老马！”

人们焦急地看着老马，他浑身伤痕累累，奄奄一息，连话都说不出来。

老马渐渐缓过来了，人们松了一口气，要扶老马去休息。

可是，缓过来的老马猛地站起来，指着水面一个地方：“快填塌坑！

快填塌坑！就那儿！”

大家朝着老马指的方位，把一包包装着沙土的麻袋投去，平时需要两人抬的麻袋，今天，在场的每一位干部、职工、民工，都是一人一包，搬起，投进，干脆利落，一气呵成，好像都成了大力士。

关键时刻，人们的潜能都被激发出来了。经过激烈的战斗，水面上的漩涡终于消失了。

赢了！保住了南谷洞水库！保住了下游的村庄！没有给安阳增加压力！没有殃及邯郸、祸及天津！没有株连京广铁路！

人们终于可以松了一口气。

安阳地委书记知道了老马入“龙宫会妖精”的事，专程来到林县，对艰苦战斗、无惧生死的老马同志进行了亲切看望和慰问。

老马“龙宫会妖精”的事一时间成为奇谈，广为流传……

强攻红石崭

巍巍太行山，滔滔漳河水，有好多古老的传说。

东岗公社征服了石子山后，往东继续开进，遇到一座“肚子”往里凹“脑门”向外凸的山崖，它多是红色的石英岩，叫“红石崭”。

传说在很久以前，有一个放羊人，因为天旱，人没水喝，羊没草吃，就赶着羊来到漳河边。漳河却是波浪翻滚，洪水滔滔，夹泥带沙，人和羊都喝不到水，就坐在岸上等，想等水澄清了再喝。可奔腾的浊漳河，根本没有变清澈的意思，放羊人就在山上等啊等，天长日久，就化成了一座山崖。这座山崖高 160 米，若比成楼房，该有 50 多层。它背后是太岁峰，前面是滔滔漳河水，从山下往上看，好像高高的崖顶上卧着一群羊，那羊随时会跳下来。

红旗渠修到这儿的时候，渠线要从它的半山腰上通过去，过半山腰一般采取的方法是凿洞，所以，看到这座山的第一眼就是开凿隧洞。于是，铁蛋儿带着水生，就上去勘测。他们从下到上仔仔细细看了一遍，发现了一个比较奇怪的现象：它的下面严重分化，上面是石英岩却非常坚硬。这头重脚轻的山体，一点都不牢固。这要是凿洞会怎么样呢？铁蛋儿说："这要是凿洞，下面的岩石没法承受上面巨大的压力，肯定会坍塌，还会毁掉隧洞。"水生说："铁蛋儿哥，照你这么说，凿洞不可行。"

"对，肯定不行！"铁蛋回答说。

那就改用第二个方案。

第二个方案是从山岩边掏一条渠线，然后外边用石头垒砌起来，就做成一个转山的明洞。大家一听，嘿，这个办法不错！铁蛋又大声动员："大家伙听我说，咱不修隧洞了，咱修明洞，明洞空气流通好，光线明亮，硝烟容易散去，肯定是又快又好修。修完了，再抢一面先进红旗，咱高高兴兴回家过年啊！"众人齐声呼喊："好！""没问题！""保证完成任务！"

既然决定了，大家纷纷往前冲。铁蛋儿找个位置，和水生一组开始打炮眼，一天下来，进度挺快。水生见铁蛋高兴，也高兴地说："铁蛋哥，明儿教我打背锤啊，我要和你比试比试。"铁蛋儿哈哈一笑："好！"

明洞进度很快，可是第二天，有人从上面过，发现了问题：上面的山缝挺宽，要是劈了下去可了不得呀！

大家一听，都大吃一惊。到底是真的还是拿危险话吓唬人？铁蛋儿马上带着水生上去看，爬到悬崖上面一看，以前的一个小缝隙，现在好像真的变宽了。不过，到底是真的越来越宽了还是错觉呢？铁蛋说："水生，你去指挥部要几张旧报纸，再弄点浆糊，我们把它糊起来。"水生"噗嗤"一声就笑了："铁蛋哥你可拉倒吧，报纸能把山缝给糊好啊？""嗨，你想哪儿去了！我是要验证一下这个山缝儿有没有变化。"

水生赶紧去找报纸贴到上面，停了半天，两人迫不及待地上去看，不看不知道，一看吓一跳，那个报纸居然被撕成了两半！"这说明啥呢？"铁蛋说："说明裂缝在不断地加宽，而且速度很快！快，赶紧通知下面的人撤！越快越好，下面危险！"

铁蛋说得对，因为地球的引力，这个裂缝开裂的速度会越来越快，真的要劈下去，后果不堪设想。

凿洞不行，明洞也不行，那怎么办呢？

那就只剩下一个最笨也最有效的办法：劈开太行山。

铁蛋跳上一块大石头说："最笨的办法最安全。就是把上面那高崖给它炸了，然后清理出渠线。这虽是笨办法，却是个能保证民工安全的好办法。"

经研究决定，采用了这种办法。可是，90 多米高的崖崭，相当于 30 多层楼房的高度，放几个土炮，能管用吗？

肯定不行。

一组炮、两组炮行不行？

能不能用一连串的大炮崩掉这座山呢？

东岗公社抽出 70 多名强壮劳力，分成两班。他们腰里系上绳索，吊在半空中，寻找好打炮眼的位置，凌空打钢钎，凿炮眼。这里的岩石非常坚硬，抡起老锤砸下去，钢钎不但不进，反而往外蹦了一蹦，就这样打一打，蹦一蹦，人又吊在空中，使不上劲儿，把人往外弹，给打钎造成很大的困难。"明知山有虎，偏向虎山行！"困难不是借口，还得接着打炮眼。

可是钢钎要么打不进去，要么就会折断。

为了及时修复损坏的钢钎，一下调来六名好铁匠，烧起两盘石匠炉，从早到晚不停地捻钻，才勉强供上使用。

后来有人发现蘸上水打钢钎，有利于保护钻头。就这样，他们一锤一钎打下去，铁蛋手里的钢钎换了一根又一根，长的磨成短的，短的焊接一下继续用，短得实在不能用了，就用作石匠的手把钻。

终于，他们打成了一组 12 个炮眼，每个深 13 米，直径 1 米多，每一个炮眼装 1000 公斤炸药，做成连环炮，在下工以后，点炮崩山。

“轰轰——隆隆”一阵连续响声过后，半个山头倒了下来。民工编了顺口溜：“连环炮，不简单，一崩崩掉半架山，再来一组连环炮，定叫高崭下河滩。”

看到了胜利的成果，民工们干得更欢了。他们你争我赶，展开劳动竞赛，很快又打了 15 个大炮眼。当炮声又一次响起，盘踞太岁峰的红石崭，终于彻底被击垮，一头栽下了漳河。民工们在爆破崩塌的乱石堆下，开挖出一条渠线！

东岗营因征服过石子山，今天又攻下了红石崭，打出了威风，打出了气势，夺得了工地优胜红旗，被总指挥部命名为“无坚不摧模范营”。

鏖战分水岭

1961 年 10 月 1 日，红旗渠总干渠第三期工程开始修建。为消除人们对红旗渠水是否能够流过分水岭的疑虑，总指挥部决定先将南谷洞水库的水输送到分水岭以南，一来使广大人民群众早日受益，二来让群众看到引水的希望，增强修渠的信心，于是果断地暂停了总干渠木家庄至南谷洞水库的第三期工程施工，开始着手修建南谷洞水库至坟头岭的第四期工程，该决策简称为“隔三修四”。此段工程最艰巨的任务，就是打通分水岭隧洞。

分水岭原名坟头岭，因山南有坟头村而得名，位于林县城北部15公里处。这里海拔470米，同青年洞的海拔高度相近。千百年来，人们想漳河水，盼漳河水，就是感觉这个坟头岭过高，漳河水根本无法通过，而不敢付诸实施。这里是红旗渠又一道咽喉工程。红旗渠水如果不能流过分水岭，红旗渠就成了一条废渠，林县人民引漳入林之梦就将化为泡影。

红旗渠水要想通过坟头岭，就必须从这里凿一个长240米的隧洞，两头还要开出100多米长，宽高各十几米的深沟明渠，预计需开挖土石方3.4万立方米。

该工程由县里组织的300名青年护渠队员进行施工，这支队伍曾因开凿青年洞而名声显赫。队伍人员年轻，生龙活虎，经过艰苦的磨炼，能攻善战，富有凿洞经验，是总指挥马有金手中的一支王牌队伍，哪里工程艰巨，就调他们到哪里去战斗。

1961年10月，在青年洞工程完工后，总指挥部治安保卫股股长卢贵喜（任村公社盘阳大队人）带队进入工地。此洞位于红旗渠总干渠渠尾，如能及时凿通，可以尽快让南谷洞水库发挥效益，给分水岭以南的群众带来希望，因此人们亦称此洞为“希望洞”。负责现场施工的卢贵喜深感肩上责任重大，他让青年突击队员把大幅标语写在洞口处：“拼命赶时间，斩断坟头岭，早日让南谷洞水库水流遍林县。”

卢贵喜工作深入细致，认真负责，每天钻在洞内和青年们一起战斗，随时解决施工中出现的问题。

考虑到隧洞之上将来的交通问题，为保证工程质量，该洞被设计为“鼻子洞”，即双孔隧洞。1962 年 5 月 1 日，双孔隧洞胜利凿通，洞长 346 米，单孔宽 4 米，高 4.5 米。随后，又从姚村、泽下、原康、采桑公社分指挥部调来好石匠，起石头，锻料石，将 10 余米高的渠墙分段予以衬砌。为节省土地，还把部分明渠改为暗渠，洞上复土为田，隧洞因此延长至 354 米。

1962 年 11 月 15 日，红旗渠第四期工程竣工，该段工程长 17446 米。该工程完工后，可以把南谷洞水库的水引入红旗渠。这样，大大地鼓舞了广大人民群众修渠的战斗意志。

红旗渠分水闸就是将红旗渠水分流至一、二、三干渠的大闸门，是红旗渠总干渠与三条干渠相衔接之处。

分水闸是红旗渠总干渠分水的枢纽工程，亭楼耸立在红旗渠上，雄伟壮观。正面楼顶上为郭沫若手迹“红旗渠”，三个苍劲有力的朱红大字在阳光下熠熠生辉。

闸房内安装启闭力为 15 吨的启闭机 3 台，房下有三个大闸门，孔宽均为 2.5 米。闸门内奔泻出两股清水，右边分出的是红旗渠一干渠，为双孔，沿西山到合涧村西和英雄渠汇流，渠长 39.7 公里，设计流量 14 立方米／秒，灌溉面积 35.2 万亩；二干渠为单孔，沿林县盆地东北边山腰蜿蜒东去，到马店村东止，渠长 47.6 公里，设计流量 7.7 立方米／秒，灌溉面积 11.62 万亩；三干渠从上游 560 米处分出，向东北穿过 3898 米的曙光洞到达东岗公社东卢寨村，长 10.9 公里，灌溉面积 4.6 万亩。

1965 年 4 月 5 日，红旗渠通水仪式在分水岭举行，在“毛主席万岁”的欢呼声浪中，滔滔红旗渠水源源不断地流过了分水岭。至此，林县人民引漳入林的美梦终于变成了现实。

一双鞋的故事

红旗渠工程大，活重，民工普遍都费鞋。

张买江 13 岁那年，背着在红旗渠工地牺牲了的老父亲张运仁留下的褡裢上了渠，去时拿着两双崭新的千层底布鞋。这是母亲亲手做的。张买江想，两双新鞋，足够半年穿了。谁知不到一个月，两双鞋都开花了。后来有人指点，他钉了两块轮胎当鞋底，继续凑合着穿。

这样的轮胎当鞋底的鞋，在渠上才是真正的鞋。1960 年，在渠首抬石头的姑娘们，一个月穿坏六双鞋，不得不都钉成轮胎底，就为耐磨。

省里有位拍纪录片的摄影师，每天上山下沟，到处走动。一天，有人见他走路不对劲儿，一看，他鞋底上居然有个核桃大的窟窿。

一次开会，讲到动情处，李贵县长当场就把自己脚上的崭新布鞋捐了出去，赤脚散会。

县长带头，社会各界纷纷为民工捐鞋。捐献的布鞋运到了渠上，就分到各处。青年洞工地分到了六双。最后，还剩一双鞋分不下去。一个说："给咱们连长留一双吧，连长跑来跑去，特别费鞋。"连长说："我不要。我有我媳妇给我做鞋呢，把鞋给没媳妇做鞋的人吧。"没媳妇的说："不用，我皮糙肉厚，这鞋还能穿，俺本来就不是来享福的。"后来大家提议给桑济周；不料桑济周提出了条件——

"要我穿可以，得把那个硬骨头给我。"

啥是硬骨头？

他说："除险那儿得我弄，谁都不能跟我抢。"

青年洞里有条通天缝，一个劲儿地往下掉石子，大伙儿管它叫鬼门关，出渣受影响，人还不安全。

大家当即反对："那不行，那是个硬活儿，不是一两个人能弄掉的。"

"就是，不行，那儿太危险，活又重又累。"

桑济周说："不让我干这个活儿，这鞋我就不能要。"

后来，几个人扛来木料搭了保险架，冒着风险，一同把险除掉，才为青年洞的开凿扫清了障碍。当然，桑济周也是其中的一个。

这时，他才觉得接收这双别人捐赠来的鞋子，是一件无愧良心的事情。

桑济周看着脚上的鞋子笑了："嘿嘿，除险这活儿还真是沾了你的光，要不我可抢不到手。"

红旗渠工地上就是这样，干活时大家争先恐后，不怕危险，不怕艰难，在荣誉和待遇面前，却又互相礼让，互相关心，谦虚推让。正是在这样的精神和风格的鼓舞下，青年突击队只用了500多天，便凿通了全长616米（后修筑洞脸延伸至623米）的咽喉工程青年洞。

人们在清理修渠的账目时发现，当年为节约资金，工地上没买过一副手套和一件工作衣。从指挥部干部到普通民工，每个人手上、脚上都磨出了厚厚的老茧，衣服全都是补丁摞补丁。每天与石头打交道，大家脚上的鞋子破得格外快，为了结实往往新鞋就打了掌，掌磨破了再打掌，就这样下来一年也穿坏好几双新鞋。

当时，工地总指挥部为了解决民工钉鞋这一问题，在工地设了很多钉鞋摊位，还从外地购进了大量废旧自行车轮胎，专门为参加修建红旗渠的干部和民工钉鞋。因此，只要来到红旗渠工地，没有不穿打掌鞋的。

一双鞋的故事，好像当年上甘岭战役中一个苹果的故事。这样的故事，反映出中华儿女优秀的传统美德，越是在艰难困苦时刻，大家越互相体贴，展现出了大公无私的革命情怀。

“女汉子”郭秋英

红旗渠建设过程中，涌现出无数的积极分子。很多姑娘也和男人比谁贡献大，水磨山村的郭秋英就是一例。

两个钻洞队在工地上展开劳动竞赛。

男民工问女民工：“敢不敢跟我们比赛。”

“有什么不敢？”

郭大爷知道后，说：“你们都是十八九岁的大姑娘，取绣花针你们在行，抡锤肯定不行。他们五大三粗，有的是力气，这还用比赛？一看就知道输赢。”郭大娘说：“没有金刚钻，不揽瓷器活，说不定人家真的行。”

“行什么，队长郭秋英才 18 岁，能赢得了长期干力气活儿的男人？”

“等着瞧好吧。”郭秋英对郭大爷说。

郭秋英毫不胆怯。答应后，又和大家约定，男队胜利了，被表彰为“董存瑞队”，女队胜利了，就被表彰为“刘胡兰队”。

红旗渠刚开始动工的时候，郭秋英还小，没能到渠上参加劳动，她很遗憾。有一天听说红旗渠的配套工程要从自己家乡门前过，挖一个叫“换新天”的隧洞，她觉得机会来了，就积极报名参加，带着姑娘媳妇们来找领导。她上过中学，能说会干，有口才会鼓动人，大家都喜欢听她的，领导就任命她为队长。

第一天上工，她头戴安全帽，腰里束着水裙，挽起袖子，就开始打炮眼。她拿起一把锤就抡开了。心想：这活多简单啊，没吃过猪肉还没见过猪跑？不就是力气活儿吗，不怕苦不怕累就是了。

可现实却不是这样，拿起锤一起一落没多一会儿，手腕就酸疼得不行。她暗暗给自己鼓劲，不能太娇气，要加强锻炼，抡的多了就好了。下午的时候，正抡得起劲儿，锤突然脱手而出，从青枝的头边“嗖”地一声飞过去，吓得青枝手一哆嗦，扶的钢钎歪了，可锤已经落到半空中，“咣当”就砸在青枝手上，鲜血一下就冒了出来，她“哎呀”一声捂着手蹲下去，疼得半天站不起身来。郭秋英懊悔得直怪自己。

晚上大家交流，尽管姑娘们已经累得骨头都快散架了，可进度还远远落后于男队。郭秋英第一个不干了，这怎么行，肯定我们哪里做的不得法，就带着两个人找郭大爷取经去了。

郭秋英（左一）

仔细一问，果然是。抡锤也是技术活儿，抡直锤是最易学最常用的，但最容易累，不适合长期干活，而且容易滑脱。

“果然打锤有学问啊。”

“那当然。锤有好几种打法：有圆锤、背锤、磨腰锤等。比如磨腰锤，就得这样打。”郭大爷说着比画了几下。郭秋英也站起来跟着学，发现果然好多了。

“这样抡锤，不再是用蛮力，是用上了惯性和巧劲儿，这样适合长时间干活，而且还安全，又有一定的节奏，用好了动作优美还出活儿。”郭大爷说。

郭秋英很快就学会了。为了使女民工也把这个基本功学到手，她们不顾冬天夜里冷，组织女民工在土堆上打锤，苦练基本功。一开始有的还不愿意学，主要是白天累，晚上还不叫休息。学会以后发现，改了方法效率高了，耐力增强了，每天都能按时完成任务。就这样，姑娘们个个都掌握了磨腰锤的扎实基本功，全队都有耐力，有干劲，工效当然就高。每天铁锤叮叮当当响，扶钢钎的也不示弱，借着巧劲儿，用力一顿，能少掏一次石渣，进度很快。

男民工不服气了。一群小姑娘小媳妇，居然比我们还干得欢。

“敢不敢跟我们来场真正的比赛。”

“有什么不敢？干！”郭秋英想都没想就回答。

于是两队就约定，明天正式比赛，郭大爷做裁判、当证人。

“队长，真跟那群男的比啊？”

“当然是真的，咋，你害怕了？怕啥？”

“虽说平时咱不比他们差，可是要真比赛，我觉得他们更有后劲儿啊，我怕咱们比不过。”

郭秋英想想说：“也不是没有道理，但并不是没有办法。我有办法了。”

“啥办法？队长。”众人都围上来。郭秋英一看，乐了：原来大家都惦记着这场比赛！

“能不能赢，首先要看我们有没有泄气，谁不愿比赛？”

“我们都愿意！”

“我们听你的。”

郭秋英如此这般吩咐了一下，大家赶紧比画一下，都高兴得不得了。女队当场“换了队形。”

那边男民工看见了，笑着说：“吓毁她们了，乱了套了。”于是哄堂大笑。

郭秋英告诉队员不要在乎，出水才看两脚泥，明天见分晓。

第二天，太阳吐着红焰升在空中，两队激战正酣。男队有人来看，并随时报告女队的进展，女队也密切关注男队的进展。

结果完全出乎男队的意料：女队赢了！女队集体被表彰为“刘胡兰队”，大家扛着写有“刘胡兰队”的大红旗，雄赳赳地去男队面前走了一场。

郭秋英凭什么赢了呢？

原来，有帅才的她并没有随机出兵，而是精心部署了一场战争。首先，挑选20名精兵强将；其次，调整战术，改原来的三人一组为四人一组，就是由原来的两个人打锤，改为三个人打锤 ，这样女性的劣势就不存在了，始终保持了精力旺盛，耐力持久，锤锤有劲儿。

男队长仔细分析了形势，不得不服输，竖起大拇指称赞：“郭秋英有勇有谋啊，佩服！佩服！”

写作干事奇遇记

小田名叫田永昌，上红旗渠工地时很年轻，他在红旗渠上任写作干事，在渠上工作十年，碰到过许许多多的奇闻轶事。

小田擅长写作，喜欢安静，每天除了出去采访，就是趴在屋里的石板桌上写稿子，很多渠上的精彩文稿，都来自这张小石板书桌。这天晚上，月亮时隐时现，院里难得的安静，只听“哎呀”一声，他却从屋里一蹦三跳跑了出来，咋咋呼呼的样子引得众人都出来了，大家跑他屋里一看：妈呀！一条蛇爬上了他的石板桌，正把他的桌子当练武场呢，头竖得高高的，分着岔的信子红红的，一伸一伸的，一双滴溜溜的小眼睛看着众人，头还不时地转动，人们一下又都跑了出来，有胆大的扒着门缝儿看，一边看一边汇报：“蛇还在到处爬。”碰倒了桌上的茶缸，茶缸“当啷”一声掉地上了。

后来，找了个胆大的民工，拎起一把铁锨就进去了，他稳稳地把铁锨伸过去，蛇就一头缠了上来，然后民工就用铁锨把它挑走了。

其实，在渠上时间长了，才知道这事不稀罕。虽然在北方蛇不多见，可野兔、老鼠、松鼠什么的很常见，有时候晚上会钻进人的被窝里。修渠人就和他们和平共处。有人还风趣地说：“我们闯入了它们的地盘，它们来钻被窝，是欢迎我们呢！只要不是刺猬就行。”引得大家哈哈大笑。其实也有刺猬，刺猬来了就缩成一个球，因为是深山老林，没有碰到大型动物就很幸运了。

一天吃过晚饭，副县长兼总指挥长马有金来了，说：“谁和我去一趟合涧营？”田永昌正在写稿子，听到喊声就说：“我去！大家正在背老三篇，我已经背会了，我和你一起去！”

“走吧。”两人一前一后走了。

大山里的风悠悠地吹着，月亮隐到云层后面和人捉迷藏，天黑黢黢的，不知名的鸟偶尔叫两声，山里头显得更静了。

没有真正的路，二人走着新开的渠线，高低不平，有沟，也有岸，还有石头堆、石灰堆等。

小田提着一盏马灯，在前面照路，老马走后面，大约走了二三里路就到了。一进去就听有人喊："大家赶紧起来，领导忙了一天，黑夜还来看我们。"也有的说："那是马县长关心老乡，怕咱完不成任务，当了后进。"

老马说："这话说对了，我正是惦记你们挖洞的进展情况才专门赶来的。"

连长赶紧跑过来，做了详细的汇报，说这一段时间努力干活了，但进度就是上不去，边说边向马县长讨教好的方法。马县长说："要自己琢磨，也要学习兄弟连的先进经验。今天，我先给你们说说三角炮、连环炮、瓦缸窑炮……"一听名字，大家都来了精神。"马县长，啥叫'三角炮'？""连环炮我知道，响了一下又一下，可是怎么排布呢？""马县长，'瓦缸炮'呢？是个啥样子啊？""不要急，一个一个说，先说'三角炮'……嗨，光说不练假把式，这样，我现在就打几个炮眼示范一下。小田，咱就先从'三角炮'开始吧，你管抡锤还是扶钎？"

小田知道他就是管抡锤，马县长也不同意，嫌不过瘾，就说："我管扶钎。"

马县长应了一声"好"，就已经提起一把老锤，小田赶紧找钢钎。一回身，早有人准备好了，一伸手给了小田，二人便"叮叮当当"打了起来。

马有金是副县长，能文能武，40多岁的年龄，抡锤是一把好手，差不多两个粉笔盒大小的老锤，能一口气抡120下，还能抡出花样儿来，能把锤抡圆了，圆圆的像一轮月亮，月亮的边儿还银光闪闪。

有一次，一个没见过马县长的记者来找马县长，到工地一看，嘿，都在干活，有打锤的，有扶钎的，有一人扶钎一人打的，有一人扶钎两人打的，没有闲人。看穿戴，都一样，补丁衣服。钉了车轮胎的布鞋，看脸色，都一样的黑乎乎；看打锤的架势，哪个都不像是生手，"嘿呦嘿呦”打得可有劲儿了，哪有县长啊？分明都是民工啊。可人家告诉记者，马县长就在这儿。记者实在看不出来，就问旁边的民工。人家说:“你喊一声就知道了。”有人就大喊一声:“马副县长，有人找你！”一个最像民工的人一边抡锤一边答应了。记者很吃惊：“您就是马副县长？您在打锤？”

“嗯，打打锤，活动活动筋骨。”

“马副县长，这局算谁赢？”

“不分胜负。现在有事，下次接着比赛！”原来马副县长经常和民工进行打锤比赛。

今晚在合涧营，马副县长就是抡着这样的圆锤，打三角炮的炮眼。说好了，打满 120 下换口气。小田也做好了准备，打钎就开始了。

只见马副县长往手心唾了两口唾沫，两手一搓，握住了锤把。小田已经找好炮眼位置，把钎放好扶稳了。马副县长走过去，站好适当距离，扎成马步，问小田：“开始吧？”“好，开始吧！”

只见老锤像流星一样在马副县长身旁画圆圈，每画一下，都有当的一声，大家跟着数，数得快迷糊了，看得也眼花了。小田经常扶钎，和马副县长配合，所以数得清，配合得很默契。

打第三个炮眼的时候，打到 100 多下，石渣多小田转得慢了一点点，就像飞机空中加油没对好一样，错开了一点点，就因为这一点点，啪一声砸小田手上了。

小田“哎呀”一声低喊，血就流了出来。

“快，喊卫生员！”

这时，从人群中挤过一个人来，说：“我来给你包扎，我包扎愈合得最快了，技术不比卫生员差。”

原来，他被砸过两三次，见得多了就会包扎了。在渠上，打锤误伤了手是难免的。尽管砸了手不稀罕，大家还是很关心小田，毕竟小田是握笔杆子的。小田听了大家的解劝，爽朗地说："没事，伤的是左手，不误写稿子。"一句话大家又都笑了。

换了一个扶钎的，照样打锤，这个晚上，合涧的民工学会了三角炮、连环炮、瓦缸炮等炮眼的打法，弄清了炮眼的位置、深浅和装药量等爆破知识。

对小田来说，这是个有意义的锻炼机会，更是一次特殊的劳动体验。

有一年的 7 月份，连着下了几场大雨，南谷洞水库上涨很快，水库还是第一次蓄这么多的水，大坝能承受吗？所以安排了人员执勤巡逻，发现险情，立即治理！

这天晚上，小田和马副县长同班执勤。小田提着马灯走在前面，在距离水面约一米高的石坝上查看，大坝是石头砌的，小田还没反应过来是咋回事，腿就一下子陷进了一个深坑里，幸好身后的马副县长腿快手快，向前猛跨一步，一把拽住了小田，又把小田的腿一点一点拉上来。再看那腿，裤腿破的一条一条的，布条下面，腿和脚都伤了，鲜血直流。小田想，这下坏了，该不会是骨头断了吧？

幸好离指挥部不远，马上来了几个同志，把小田架到指挥部帐篷内，卫生员及时清洗、消毒，经反复检查，确定骨头没有大碍。

卫生员说："你运气真好，算跌得轻的。"

接着查看险情，要弄清刚陷进去的深坑是怎么回事。查来查去，原来是洪水聚集得多了，压力就增大了，顺着小缝隙钻进石坝之下，来回冲刷把下面淘空了，虽然上面有石头，但已经不结实了。人一踩，承受不了这么大的力量，就坍塌了。马副县长赶紧安排人沿大坝仔细排查，及时消除大坝隐患。他对小田说："小田啊，这次你可是功臣，发现了漏洞。因为你的发现，我们及时堵住，没有造成大的损失，不然后果不堪设想啊！”

小田觉得虽然受伤了，但伤得有价值，也知道了每天在大坝上行走的民工，危险远远大于自己。那时，渠上常有人受伤，但都是轻伤不下火线。

小田也是这样做的。不管是写字桌上的蛇，还是砸到手、伤到脚，他都没有要回家的想法。他没有被困难吓倒，始终记着自己上渠的时候说过的话："艰苦奋斗炼自己，渠不修成不还乡！”他说到做到，在渠上干了十年，直到修成了红旗渠。

黑张的“船”

前面有条水流湍急的小渠，黑张就顺势蹲在河边洗鞋，没想到，手一松鞋冲跑了，他急忙喊："黑旦黑旦，赶紧截住！”

黑旦一扭头，鞋已经冲过去了，急忙说:"不要紧，我给你捞上来！”一口气跑了 300 米，没追上，眼看着鞋顺着水流“扑通”一声冲下深潭里。黑旦来不及多想，脱下布衫就跳了下去……

幽深的潭水呈墨绿色，冰冷的寒气让人觉得恐怖阴森。

为了一双鞋，差点儿不要命，黑旦值得吗？话要从头说起。

黑张家境贫寒，孩子又多，要上红旗渠工地时，竟然找不到一双像样的鞋！他老婆急哭了，就上邻居家到处借，希望能帮他借到或者找到一双鞋。黑张的三奶听见了，宽慰她说："黑张媳妇，我家还有双你三爷生前的鞋，给你吧。”黑张媳妇不忍心。又有人给她出主意："去供销社收购的破烂里找找，没准儿能捡一双呢。”黑张媳妇一听，当即就跑到供销社，没想到果然在破烂堆里找到了四只不同的鞋，她可高兴坏了，一边往回赶一边高兴地说:“发了大财了，一下子就有了两双鞋！”

黑张知道鞋来得不容易，自然特别珍惜，工地的人也都知道鞋就是黑张的宝贝。

从河沟往半山腰担石灰，营部定额每人每天八百斤，完成了受表扬，完不成的挨批评。黑张力气大，舍得出力，每担都在小二百斤，担子一上肩膀，一路不歇气。天黑收工时，上年纪或年龄小完不成任务的，只要找到他，他就把自己名下超额的拨过去，使全连都能完成任务，天天受营部表扬。因为每天挑担子重，他的鞋子就费得比别人都快。

上到工地十几天后，第一双鞋就磨透了，他只好心疼地找出另一双，把旧鞋套外面，用麻绳缝了又缝，做成了“鞋套鞋”的特大号鞋，像只小船，别人看了哈哈笑，就说：“黑张啊，你这是条‘船’吧！”

挑石灰的任务结束后，连长做工程总结，会开到一半，就对黑张说：“来来来，借你的鞋用一用。”

“这东西臭死个人，你用它干什么？”

连长说：“反正我也舍不得给你扔，用了就还给你。”

黑张开玩笑地说：“臭着人了，可不能怨我啊。”

连长用一根小棍儿挑着这只大鞋说：“大家都看看，这对大鞋仅仅是一双大鞋吗？这双鞋出了力，做了活儿，是奉献鞋；还帮助我们连的民工，它还是友爱鞋，大家说是不是？”

大家一想，都大声喊：“奉献鞋！友爱鞋！”

连长继续说：“别看这是一双老套鞋，但它在挑石灰运动中，立下了汗马功劳！对不对？”

民工齐声喊：“对！”

有个人俏皮地喊：“不对，是奉献船。”大家哄堂大笑。

那一天，连长叫黑张和黑旦去河口装车。去时是晴天，第二天回来时天下起了大雨，被雨淋成落汤鸡不说，因为路上都是泥，黑张的大鞋就灌满了淤泥，这大得像船的鞋就一走一掉，一走一掉！

一拐弯，前面有一条水流湍急的小渠，黑张赶紧脱下大鞋，蹲在小渠边洗泥鞋，不料，手一松鞋被急流冲走了！危急时刻，他连忙喊叫：“黑旦！黑旦！截住！”

于是黑旦就不说三四跳下深潭里捞这双鞋！

鞋捞上来，黑张感动地对他说：“你看你！因为我的一只老套鞋，竟使你舍上性命跳进水潭去捞，你万一出了事，叫我怎么办？”

黑旦说：“按说一只鞋不算什么，可是搁到你身上来说，就是命根子！一旦捞不上来，首先你得赤着脚回去，你明天上工没啥穿，就耽误咱修红旗渠哩！”

女石匠锻“雨点”

红旗渠，是一条河，是一条精神之河，是一条石头砌成的河，没有石头就无从修建。红旗渠工程上的石头，都被民工们的手翻转了无数遍，越扒拉，石头越光滑平整，也就越有角有棱。这些石头，刚开始是放老炮崩出来的，最开始是毛料，经过石匠们锻造、垒砌成“工”字缝，最后由抹灰工勾缝填充缝隙，才完成的。一系列的工序，少了哪个环节也不行。

如果你仔细观察就会发现，这些石头不仅仅四面平整，露出的面上，竟都是斜斜的小线段。很多线段排成一行，被石匠们称为“雨点”。

一块石头好几十斤重，大部分都是男石匠锻的。他们力气大，有经验，出手的成品也很美观。这些男石匠的手，就像两把铁钳子，将石头抓住就不放松；他们手上的老茧，都有铜钱那么厚。如果你摸一摸石匠的手背，就像握着一块又硬又粗糙的榆树皮。

可你知道吗？在红旗渠工地上，竟然有一批女石匠，她们也和男石匠们一样，不但能够搬动沉重的石头，而且能锻出美丽的雨点石。

“女子能顶半边天，男子能干俺能干。”这是红旗渠上女石匠秀花喊出来的。在红旗渠工地上，秀花虽年轻，但很有见识。她对自己的未来看得很远。她认为，一个人要做一番大事业，就必须有能吃大苦、耐大劳的坚强毅力。所以，18 岁高中毕业后，她马上就要求到红旗渠工地上劳动锻炼。到了红旗渠工地，她先从最基础、最累的活儿干起。肩上垫着厚厚的垫肩，石头上拴着大铁绳，扛起比胳膊还粗的杠子抬石头。

抬石头的空隙，她听见石匠师傅们敲打起锤钻来，“叮叮当、叮叮当”，感觉这声音悦耳好听，十分享受。

后来，渠上锻的石头供不上货，石匠紧缺，怎么办呢？

她就提出来想学石匠活儿。

石匠是技术活，必须有老师傅传授才行。老师傅看了看这帮大部分刚从学校毕业、细皮嫩肉的女学生，说：“石匠可不是你站那里听‘叮叮当’那么简单的事，这是卖力气的活儿，可不是花拳绣腿，你们一帮女子，不收！”

“你怎么知道我们吃不得苦？你们男人，不也是从嫩胳膊嫩腿开始学的？”

她的话，一下逗笑了老石匠：“一帮小闺女，不知道天高地厚，想试试就试试吧，谁吃不了苦，可别说我没有事先声明啊。”

“绝不反悔！”秀花和一帮姐妹们异口同声地喊。

老石匠边锻着石头做示范，边向大家解释：打六个面的尖石头主要是在选料石时要注意，这里边也有诀窍，就是：“料石选齐整，缺角可不行；锻面锤声重，锻尖要缓行；直钻锻石面，斜钻锻坡度；料石锻成要小心，碰掉个角全搭工。”

理想是很美好的，但现实却很残酷。

石匠师傅说得一点不错，抡铁锤锻石头，真是累死人。尽管她们也都是干农活出身，天天和土坷垃打交道，可这次一和石头打交道，才知道石头有多硬。

一天下来，胳膊就抬不起来了，拿钻的左手被震得一阵阵发疼，秀花说：“没事！万事开头难。过几天就好了。”一帮姐妹们不甘落后，

红旗渠工地上的女石匠

咬紧牙关，就是不肯服输。开始的几个月，手和胳膊红肿发疼。手肿得不能端碗吃饭，她们就把碗放到石头上就着吃，还乐观地说：“就着桌子吃饭，电影里才见过，咱们做到了。”手拿不住筷子，就攥住筷子吃；黑夜痛得不能睡觉，就互相鼓励。这个说：“什么都是先苦后甜。”那个说：“大话已经说出去了，不能叫石匠师傅小看了我们。”秀花说：“我们既然要学石匠，就不怕吃大苦、流大汗，汗水流得越多，吃苦精神学到身上的就越多。”

这些话后来被石匠师傅听到了，觉得这帮女孩子真的值得敬佩！鼓励她们说：“自古英雄出少年，好青年，好样的！”经过劳动锻炼，她们克服了种种困难，赢得了师傅信任，都学得一手好石匠活儿。

这时你再看：她们头上戴着安全帽，耳后留着小双辫，腰里束一条小围裙，美丽可爱；锻起石头来，左手握紧钢钻，右手抡着铁锤。锤一打，眼睛一合；锤一起，眼睛一睁。浑身出力气，满头冒大汗。好一幅劳动美景图！

再看看她们的石料上，清晰匀称的雨点直溜溜，简直像用钢笔画上去的一样美。

后来，各营都听说了女石匠的事儿，于是纷纷向她们学习，红旗渠工地上顿时涌现出了好多女石匠，她们个个都是好样的。这些女石匠们，把工地搞得轰轰烈烈，有声有色，为修建红旗渠立下了汗马功劳。

看着她们一点也不输给男石匠，有人编了段顺口溜赞美她们：“盘古到如今，出现大事情，女子当石匠，惊动鲁班神。”

老炮崩开鸧鹉崖

漳河水要顺利流到林县，必须经过地势险要的鸧鹉崖。

由于鸧鹉崖山高峰险，工程难度大，总指挥部决定，要集中优势力量打歼灭战，于是在全工地召集精兵强将。6 天时间，15000 人报名，从中挑选了 5000 人，编成 15 个纵队，誓要与鸧鹉崖决一死战。

挑选出来的这些人，都是来自红旗渠建设中的优秀团队，他们敢打硬仗、打恶仗，敢想、敢干、敢拼、敢闯，有“神炮手”，有“爬山虎”，有“铁肩膀”，有“砸不烂”，再听听他们团队的名字吧——“刘胡兰连”“小老虎排”……

打钎、放炮是主要任务。

马小飞说：“这是咱红旗渠工程上的‘淮海战役’，打完这一仗，漳河水就被咱引进了林县，它就是铁山，我也要上去捣它个大窟窿！”

领导更是作了周密部署：把会战民工分成几个梯队：打钎队、爆破队、除险队、运输备料队、垒砌队……根据工序先后，一个梯队接着一个梯队，混合在一起，有序而不乱，人多工效高。

打钎队员腰系绳索，先要在悬崖绝壁上，用锤、钻打出立足之地。

在悬崖峭壁上抡锤打钎，必须得有脚踩的地方，不然，抡锤打钎用不上劲。马小飞他们就遇上这个难题。峭壁悬崖上有台阶的，脚踩在台阶上抡锤扶钎；没有台阶有石缝的，就把锤钎插在石缝中，双脚踩在上边扶钎打锤。为了保险，他们都用双钎插在岩缝中；可是还有相当长的悬崖峭壁上既没台阶，也没石缝，崖壁就像刀切一样，人吊在崖壁上，上不着天，下不着地，甭说抡锤打钎，人连气都喘不过来，双手丢不得大绳，腾不出手来，啥活也不能干。

干着急，没办法，这样不行啊。这时，老石匠扔掉了手里正吸着的烟头，大声说道："倒知道个法，就是下崭的人得受罪。不知道你们能受得了不能？"

"啥法？快说！"

"人可以坐绳套扶钎抡锤——就是将安全绳挽成绳套钻进去，两脚伸进绳套的两个孔里，胸脯也有绳套套着，只要山上的绳看好，下崭的人扶钎、打锤，操作自如，不用担心害怕，就可以放心大胆干活。"

"这个法用过吗？"有人问。

"用过。"老石匠说，"旧社会我给地主干活儿用过，这法险得很。不过那时他们不心疼人，现在用，确实危险。"

大家一听用过这办法，都表示只要能早日攻克鸹鹉崖，不怕危险。

马小飞又问："像刀切的悬崖峭壁，往哪里放炸药？"

"可用稀泥将炸药糊在石崖上。"老石匠说。

马小飞笑着说："炸药崩稀泥，你可真能开玩笑。"

老石匠一本正经地说："这就是少见多怪了，炸药是过硬不过软，它会炸石头不炸稀泥。"

大家这才放了心。

打钎队一切顺利了。爆破队又提出新问题——要装个老炮，一下解决半座山！领导听到了，心里犯嘀咕，经过仔细计算和商量，最后在确保安全的情况下，同意了装老炮。

领导为鼓舞大家士气，响亮地说："大家说打老炮好，咱就狠狠地来一个惊天动地炮，一举拿下鸹鹉崖，当成小菜一碟来吃吃。"

"干，把钢钉钉到它五脏六腑。"

打老炮眼和一般炮眼可不一样。用钢钎铁锤打开炮眼后，再往下打，就得蹲到炮眼里打。长钎不能用，得换成短钎；长锤把不能用，得换成短锤把；人蹲在炮眼里，胸脯后背磨着石棱，时仰时俯地抡锤打钎，有时有劲也用不上。但是大家都不叫苦不怕累，铁锤“叮叮当当”地响了起来。抡锤的劲用得更猛，扶钎的转得更快。沉重的锤声淹没了狂风呼啸，钎杆断了换新的，磨短了换长的；民工嫌 8 磅锤太轻，换上 12 磅。人们昼夜不停，终于把老炮眼打成了。

这个老炮眼，把鸻鹉崖的腰打成了马蜂窝，到处是大窟窿小窟窿，一共打下了 300 多个大炮眼，又架起空运线，把一箱箱炸药运到悬崖，共装进 3000 斤炸药和 1500 斤食盐。先是一股冲天的黑烟冒起来，伴随着一声沉闷的巨响，大地震颤起来……炮声过后，半个山头瞬间塌了下来，一直“顽强抵抗”的鸻鹉崖终于屈服了！再也拦不住英雄的林县人民了！

河顺儿女勇战仙女峰

红旗渠总干渠通过的仙女峰位于山西省平顺县境内的石城村对面。虽然取名为仙女峰，可一点儿也没有仙女的温柔，它壁立万仞，石质坚硬，傲视着前来修渠的所有民工。河顺公社分指挥部承担着这段艰巨的工程。

河顺分指挥部指挥长刘银良带领 3000 多名社员，按时来到了施工地点。他顾不上安排住宿，就和施工员郭维仓攀到山腰实地考察，发现这里的石质好，还有几道平缝，决定用炮崩出个大额檐，让渠道穿过去。

河顺公社3000多名社员隔河住在马塔村，刚开始需要趟河过去，后来为了施工方便，他们在河中架起了三座木桥，人们来往方便多了。

他们从各连队抽出精壮劳力，腰系绳索，从山上放下来，在既定的渠线上打炮眼。十几天过去了，一连打了37个深炮眼。

一天傍晚，沸腾的山谷宁静下来，劳动了一天的人们回到了住地。这时候，在仙女峰上有一个人在飞快地奔跑，他手里拿着一把香火，迅速地点燃着一根根炮捻。这个人就是河顺分指挥部指挥长、共产党员刘银良。

刹那间，仙女峰上腾起缕缕尘烟，“轰——轰——轰”，一连37声炮响，震得大山颤动，漳河发抖。

人们一个个走出了石崖，跨出了草棚，站在河滩里眺望。下工前还望不到顶的仙女峰，现在矮了半截儿，远远望去，在仙女峰的半山腰里有了一条隐隐约约的渠线。

几天后河水涨了，三座桥被河水冲走两座。3000多名社员要来回过河劳动，大量的施工物料要通过一座桥运过河去，渡河问题直接影响着施工进度。说是桥，其实也很勉强，只不过是三四根木梁并在一起，两头搭在石头上，下边过水，上面走人。可就是这座桥，派上了大用场，尤其这最后一座成了必不可少的过河通道。

这时河顺公社分指挥部正和城关公社分指挥部展开对手赛，优胜红旗在河顺工地上空飘扬。为了保住优胜红旗，确保汛前完成任务，两岸的交通成了最大的障碍。怎么办？

对，架天线！就是在漳河上空架起一条空中索道。这在大型水利工程上并不稀罕，可在土法上马的红旗渠工地，要把一根拇指粗的钢索，通过500米宽的河，架到几十丈高的仙女峰上，确实是一件奇事，更是一件难事。架线一连进行了三天，实验了六七次都没有成功。不是钢索掉到了河里面，就是系着钢索的木柱被拉断。最后费了九牛二虎之力,才把钢索从北岸架到了仙女峰上。可要把东西拉到仙女峰上去,依然是一件相当困难的事，运一桶水比担一担水还要费力。为了减轻民工拉空运线的劳动强度，技术人员根据水打木轮驱动水磨转动的原理，试做了一个大转盘，用水轮做空运线的动力，这样，拉起东西来轻巧多了，连续不断地把一桶桶水和一筐筐石灰从浊漳河北岸运到了南岸的施工现场。

紧接着便在全营推广这一革新办法。他们先后架起了11条空运线,一桶桶水，一筐筐石灰，一块块石头，通过这11条空运线运送到了渠线上，大大加快了施工进度，使大渠顺利地通过了仙女峰。

施工过程中，他们还积极开展劳动竞赛，组建了“元金堂突击队”“李改云突击队”等战斗集体。这些年轻的突击队员,苦干加巧干,两天任务一天完，带动了整个工程的进展，提前完成了总指挥部交给的施工任务。为了纪念这些英雄们，河顺分指挥部特地在红旗渠岸上建了一座纪念碑，将两个突击队队员的名单记录下来。

河顺公社分指挥部被评为“苦干加巧干”的先进营，连续夺得优胜红旗。

我的棉袄是个宝

郭世杰的新棉袄丢了！

大家吃了一惊，那可以说是他半个家当了。咋回事呢？原来他在渠上抬石头，舍不得杠子磨棉袄，就把棉袄脱下来挂在一棵小树上，然后使劲劳动让身上热起来，晌午下工竟然热得把棉袄忘了！当走到半路上，一想不对呀，怎么忘掉了取棉袄。于是，他就赶快跑步来找，结果没有找见——棉袄被人取走了。

郭世杰丢了棉袄，特别心疼和懊恼。自己怎么就乱放呢，风刮走了，还是咋了？

他的棉袄来之不易。

郭世杰是个苦人，家里七个孩子，劳力少，吃不饱，连一双鞋都没有，更没有棉袄御寒。去修红旗渠因为没有鞋子，就满街乞讨，后来是他妻子去破烂堆里给他捡回几只不同颜色的鞋，给他凑成双穿。棉袄捡不上，就生法借来了一件棉袄——要不非得冻死不可。

自己的丈夫冬天借棉袄这事成了他妻子的心病，心心念念要给丈夫缝一件新棉袄。于是她更加节俭，硬从家里十几口人身上省下布票，又借了孩子姥姥的钱，才去供销社扯了最便宜的布，用旧布衫拼接了棉袄里子，总算给他缝好了一件，前后共花了三年的时间。棉袄给了他，又三年了。老百姓说“新三年旧三年，缝缝补补又三年。”他的棉袄才穿了三年，正是属于“新”的阶段，今天丢了的，就是他才穿了三年的新棉袄。

头几年，这棉袄郭世杰常常舍不得穿，实在冷得受不了了才穿上。这不，一说抬石头，就赶紧脱下来挂在树上，生怕磨破了，结果反倒弄丢了。这事整的，找不到棉袄，自己冷不说，对不住老婆一片心啊！

他为了找棉袄，晌午也没顾上回家，见人就问“你见我的棉袄了没有？你见我的棉袄了没有？”

世杰到处找棉袄，一时成了大新闻。后来，不仅掉棉袄的人在找，那些没有掉棉袄的人也帮他去找。他们边找边说：“世杰这个人没福气穿这件新棉袄，他这几年一直穿的借的人家的棉袄。”有的说：“别说没有棉袄穿，连穿的鞋都是破烂堆里捡来的，现在成了老套鞋。”

二三十人帮他找棉袄。后来，别的连队也听说郭世杰掉了棉袄。一个叫二和的人，抱着棉袄给他送来了。他给了郭世杰棉袄后，说：“我听说我拾的棉袄是你的，就没顾上吃饭，来给你送。我知道你是一个最好的人。咱俩在红旗渠上抬石头，你怕我抬不动，就一直给我让杠子。我不能办没良心的事。”

郭世杰后来忙着给红旗渠民工放电影，天热了还穿着棉衣顾不上回家换。等到回家换时，妻子一看棉衣的针线缝里藏满了虱子，妻子心痛地哭着说：“身上虱子滚成蛋，你在山西怎么过的？”

他却说：“我的棉袄是个宝，里里外外是虼蚤。”妻子狠狠拍了他一巴掌，一转身却抹起了眼泪。

工地夜里趣事多

在红旗渠上当民工，业余生活很枯燥，睡前经常有人讲故事，那些故事就像催眠曲一样，听着听着人们就呼呼睡去了。可今晚大家七嘴八舌踊跃发言，而且分成两派。一派以铁肩膀为首，一派以络腮胡为首。

铁肩膀抢先发言，说：“我们第一次晚上睡的圆炕。到红旗渠老神峧工地，当时席棚没有搭起来，黑夜就在太行山露天过夜。办法是先弄一把茅草当铺草，搬几块石头圈个炕形的圈，黑夜躺在里边睡。当时，我们很乐观，躺了几夜露天炕后，有人就编了顺口溜：‘铺着地，盖着天，大床就是太行山，半夜醒来眨眨眼，满天星斗陪着咱’！”

络腮胡也不示弱，说：“一个圆圆的炕，还铺着茅草，算什么艰苦？我们第一次睡的是石板炕。在家里虽然吃不饱也穿不暖，但和石板炕比起来，家里就是暖床热铺了。”

另一个接着道：“谁说不是呢，一下子到太行山住山岩躺石板炕，吃低标准的饭，可真有点不适应。但连长一开会我们就都理解了。福不会从天上掉下来，那是用辛苦换来的！是奋斗得来的！”

“你忘了，冷得睡不着，我们背靠背互相取暖。”

“是啊，后来大家觉得都使劲儿挤在一起，互相用体温取暖，数九寒天躺在石岩上睡觉，当刺骨的冷风刮来的时候，大家就不脱衣服裹着被子与人挤着睡觉。如睡不成，大家就互相挤着等天明。”

铁肩膀队有人说：“我们还睡过一个好地方，热乎乎的，只不过不敢挤着。”络腮胡队的人问：“啥地方？”铁肩膀队哼哼唧唧不说了。络腮胡队不依不饶：“说说呗说说呗，叫俺也长长见识。”铁肩膀队见推脱不了，也就只有说了：“在红旗渠分水岭工地的时候，我们黑夜要去东边的井头村住宿，可是因为村中房子少没有地方住，唯有牲口圈里还有闲地方。我们想寒冬腊月的，总比露天好一些啊，于是就在牲口圈中过夜。夜里和牲口作伴儿，住在牲口圈里，你说是不是也是热乎乎的热物啊，只是不敢挨着罢了。”众人哄堂大笑。他继续说：“饲养员一夜不知要起来多少次喂牲口，而牲口多，不时发出驴叫声、马叫声，开始觉得影响睡觉，后来慢慢适应了，觉得牲口不叫还寂寞呢，再后来夜里听不到牲口叫反而睡不着了。”

络腮胡队队长说：“牲口圈怎么了，起码能伸直腿睡觉吧。牲口圈大着呢，别蹬着牲口就中了。我们在河口住过一段日子，当时因为没有地方住，就 8 个人躺到一个小小的草庵内，这草庵长不过 3 米，宽只有 1.2 米，本来是该顺身躺的，但 8 个人只能横着躺，横躺又没有伸腿的地方，只好把腿翘起来。”

“哦，那你们受苦了。”

“每天修渠高兴得很，也没觉得受什么苦，我们也有人编了顺口溜说，‘小小一草庵，要住八罗汉，腿脚没处放，个个跷上天’。”

铁肩膀队的人说：“我们也住过席棚，搭开席棚，住到里边就舒服多了，只是怕碰到刮风下雨天。有一夜刮起来大风，刮得我满脸是土，只听‘呜’的一声，把席棚掀起来一大半，大家赶忙起来捂捺席子，席顶用绳扯住，下面捆上大石头，才算没事。风刮过，接着就是下雨，全席棚都漏水，外面大下，里面小下，我们就把被子卷成卷，把身子缩成团，再戴上草帽遮雨，然后蹲在被卷上打盹。有一个晌午歇晌时间，又碰上了下雨，民工们正在卷被卷，忽然有个民工大喊‘蛇爬我的铺上了！’人们一听连忙扔掉被卷来捉蛇，看见一条鸡蛋粗的黄蛇正在他铺上爬。这时，有的青年人吓得往后躲，胆大的民工上去掂住蛇的尾巴，头朝下一抖擞，蛇被抖懵了，他用铁锨把蛇端出去，扔到了河边的乱草堆里。有道是‘一朝被蛇咬，十年怕井绳’，从此，人们一进席棚，都要先看看被卷里席子下是否有蛇，检查完了才敢放心睡觉。”

络腮胡队有人说：“刚开始我们住在河滩的席棚里。有一夜刚合眼，狂风大作，大雨倾盆。只听有人大喊‘水泡了，水泡了！’人们一听，赤着身子卷起被卷背在背上，发现水从席棚口哗哗流进来了。大伙连忙挥动锨镢，在席棚中间挖了一道沟，让水流出去。就这样度过了一个风雨之夜。等到天晴了，民工们一面紧张地劳动，一面见缝插针晒被子，那真是忙上加忙。”

大家越说兴致越高，平时不言不语的老憨也开了腔，他瓮声瓮气地说：“我那会儿睡的是地窨。因为里边又潮又暗，不能入睡，但又不得不住这个地方，后来就从土岸上打了个洞，洞口张把伞，又防雨，又挡风，就像山西人住的窑洞，只是小了点儿。”

老憨说罢，他的搭档也说开了：“我们还曾一边睡觉一边干活。”

“哈哈，吹牛，睡觉能干活啊？”

“不要慌张，听我细说。那一年在虎头山，我们十多人黑夜在这里值班，一是看煤，二是卸车，一夜两用。为加强组织领导，连长指定叫我负责。往这里运煤，都是县指挥部从县直各机关调来的汽车，属义务支援，黑夜加班拉煤。所以黑夜必须有专人卸煤。当时，正是雪花飘飘的冬天，满山遍野都是积雪，没有房住，就从地下挖了个地窖子过夜。窖顶盖一层草，草上压上一层土，窖子口上盖一顶芦席，窖底铺一层谷草。为了不耽误卸煤，民工们黑夜不敢脱掉衣服睡觉。要是前半夜卸了煤，后半夜还能合一会儿眼；要是后半夜卸了煤，就一夜不得安了。有几夜刚刚合眼，汽车来了，我就大喊一声说：‘卸车！’于是，马上起床，刺骨的冷风使人心里打颤，手脚冻得麻木发僵。但卸了一车，身上就发热了，卸两车全身汗水淋淋。煤卸完了，身上又冻僵了。住地窖黑夜没风还凑合，要是刮起大风就更苦了。有一夜刮大风，地窖里像筛子一样，尘土沙沙沙往下掉，人们的脸上蒙上了一层尘土。紧接着听到‘呜’的一声，窖口的芦席卷起来了。霎时，冷风直钻被窝，别说被子里没了温气，连人也几乎冻成了冰棍儿。躺在被窝里哆哆嗦嗦难以忍受，只好坐起来裹着被子打盹盼着天明。这时，心里一阵阵觳觫，但有一点，从来没有后悔到红旗渠工地劳动，从来没有觉得心里苦，相反是打心眼里高兴。只有吃够恁些苦，才能尝到恁些甜啊。一想到那哗哗的渠水，那青青的麦苗，那渠水洗得干干净净孩子们的头发，浑身就有用不完的劲儿。”

夜深了，大家说，今儿说的可不少，不说了，睡觉！

小女婿说："可不中，我还憋着一肚子话呢，你都咋不叫说了？"

"你来了才几天，能有啥故事？算了算了，睡吧。"

"还是让我说说吧。"

这个"小女婿"刚结婚没多久，是男到女家落户，听说修渠，就对媳妇说："你是女的你在家，有了我这个女婿，就该我去！"于是大家亲切地叫他"小女婿"。

原来那次他岳父去太原看侄儿，侄儿是长期工，给了他十几元钱。岳父在太原市街上转悠，走着走着看到有卖塑料布的，想着咋也顶一领席子，铺上还能避避潮气，就狠狠心买了两块带回了家，一块自己用，一块送给他女婿在红旗渠上用。女婿说到这儿，大家拿了看："你小子，还有这等好东西，真是有福啊。""那可不，俺岳父从千里以外给俺买的东西。夜晚铺到身下，下雨天就披在身上，可中了大用了。"人们羡慕他说："你可是住到天堂里了。"

夜晚有人做了一个梦，梦见住上了瓦房，铺上了木板床，喝着甘甜的红旗渠水，不由得笑出了声。

第三章　众志成城

人墙截流

要让浊漳河水乖乖地听从人们的调遣，就必须在河床上修筑一条拦河大坝。

你可能在电视上看到过南方抗击洪水，截流抢险，堵塞决口，保护大坝，那是用一排排重型卡车沿着大坝向决口处运送土石，决口处还有大型推土机把石渣推入决口，用的全是现代化的工程机械设备。据说在水流湍急的决口地段，40 车石渣才能将溃坝向前推进 1 米。

但是，林县修建红旗渠的年代，还是 20 世纪 60 年代。那时候，人们连肚子都填不饱，更没有现代化的机械设备，全凭一根钢钎两只手，硬是要在陡峭的太行山腰开挖出一条人工天河。

同样是截流，仅仅依靠人工，怎么截流，怎么修筑拦河大坝呢？

修筑拦河大坝的地方，就是红旗渠的源头，那地方在山西省平顺县，当地人称之为“侯壁断下”。

漳河是一条古老的河流，有很多传说，据说漳河有“九峡十八断，九十九道弯”，最著名的“断”有赤壁断、侯壁断、天桥断（络丝潭处）等。所谓“断”，指的是河流突然跌落的河床地带。侯壁断下是一段较窄的河段。

1960 年初春，500 多名任村汉子来到这里，他们承担修筑拦河溢流坝的任务，就是要把浊漳河拦腰斩断，使河水按照人们的意愿进入红旗渠，流入林县灌溉田地。这时虽然属于枯水季节，但河水依然有二十几个流量。它从侯壁断跌落下来，一路横冲直撞。面对浪花飞溅

在漳河里抬石头筑坝

的河水，人们愣住了，他们要干的是从没见过、更没干过的筑坝工程。

这一工程必须在汛期到来之前完成。如果不能按时完成，一旦汛期到来，上游洪水暴发，最大流量可达每秒 7000 立方米。那时不但不能继续施工，未能合龙的大坝也将被洪水冲跑。显然，这是一项艰巨的攻坚战。

古城大队民兵连长董桃周是在漳河岸边长大的青年，熟悉漳河水的脾气，还练就了一身好水性。在如何进行截流的讨论中，他抢先发言说："在共产党员面前，就没有克服不了的困难！我们都有两只手，漳河水再凶，我们也要想办法治服它！"几个女共青团员也抢着发言："困难是死的，人是活的。只要团结苦干，就能克服一切困难。"

截流的决战打响了。共产党员、共青团员打头阵，500 多名强壮劳力一齐上，英勇顽强地投入渠首截流的战斗。

迂回的羊肠小道又窄又陡，运料非常艰难。盘山村有 3 位女青年在工地上顽强战斗，每天超额完成任务。她们肩膀被压得红肿，脚底磨起了血泡，却从不叫苦喊累。一个月内，每个姑娘脚上的布鞋就穿破了 4 双，垫肩磨破了 6 个。她们在鞋上钉了很厚的自行车外带胶底，垫肩用破布补了一层又一层。她们不讲什么美不美，只图结实耐用。

战斗在拦河大坝工地的全体民工，经过一个多月的艰苦劳动，完成了一、二级截流工程，坚固的大石坝出现在河床的两侧。这时第三级截流的准备工作也已完成，沙袋、草包、石头像小山一样堆在岸边。人们摩拳擦掌，等待着将这股激流截住，使大坝顺利合龙，将漳河水逼入右岸已开挖好的红旗渠总干渠中。

河水分布在整个河床时，看着并不算大；但当两边让大坝堵住，挤在仅有十多米宽的大坝中心处时，却立刻呈现出其凶狠的本性。它奔腾咆哮，像一匹无法驾驭的野马。

指挥长一声令下，人们立刻按照分工和预案，迅速向激流中投掷沙袋、石头，准备把水挡住，但却都被河水冲跑了。一二百斤重的石头抛下急流，也立刻无影无踪。

这时，有人提出从两侧一齐往河里抛沙袋、石头。人们喊起号子把沙袋、石头推入河中，也因水流太急而无济于事。这时天已黑了。

晚上，干部群众围在一起研究截流办法。有人提出在河两岸栽上木柱，木柱间扯上铁丝，希望能把沙袋、石头拦住。第二天照这个办法，在河两岸栽上木柱，扯起数道铁丝绳索，然后喊着号令同时把一筐筐石碴和一块块巨石一齐推进水里，但石碴、巨石还是被大水从木桩间冲跑了。

这时，总指挥部办公室副主任段毓波和任村公社分指挥部领导琢磨着人墙挡水的办法。这种办法行不行呢？领导心中有两个担心：一怕民工受不了，二怕水流湍急出危险。当时还是4月初的天气。山上虽有桃花盛开，但河水依然冰冷刺骨，民工们扛得住冷吗？上游水流看似平稳，但一到合龙口便奔腾而下，一二百斤重的大石头，扔下去就没有了影踪，万一有人被冲入急流，那可是生命关天的大事。

指挥人员把这一想法告诉广大民工。大家一致认为这是一个好办法。

大家说干就干。在连长董桃周的带领下，立即有40多名青年，脱掉衣服跳进冰凉的急流，臂挽臂，肩并肩，手拉手，排起一道人墙，使急流打起回旋，顺大坝向红旗渠源头流去。热血沸腾的青年们站在冰冷的河里，顽强拦截着急流。负责垒堰的民工们穿梭来往，抬石头的抬石头，背沙袋的背沙袋，迅速在人墙下游垒起一道临时拦水坝。这道临时拦水坝同两侧已修好的大坝形成一个整体，河水全部流进了红旗渠渠源，又顺从地从泄洪闸门流入了下游的漳河。这样，民工就可以在临时水坝下面开展大坝合龙的施工了。

总指挥部听到了人墙截流的事情，立即派人赶来支援，并派人送来了两瓶烧酒，让英雄们喝上一口，暖暖身子。酒虽然是少了点儿，但这是指挥部领导的一片心意，更是全县人民的热切期望。截流的民工抿过烧酒，战斗的意志更坚定了。

漳河截流

这场人墙截流的战斗，一直轮班奋战了三天三夜，到第四天红日从东方升起，漳河弯里响起了董桃周宏亮的嗓音："漳河水被我们截住了！"

1960 年 5 月 1 日，是一个值得铭记的日子。这是红旗渠动工后迎来的第一个劳动节，更是拦河大坝及渠首枢纽工程胜利竣工的日子。从此，浊漳河水按照人们的意志，流进红旗渠，流过太行山，流入林县干渴的土地，滋润着一代代林县人的心田。

凤凰双展翅

"叮当、叮当、叮叮当当……"每天，红旗渠工地上，都是这种清脆的响声唤醒了东方的朝阳。

这声音是林县修渠民工老锤打钢钎的声音。

这架山叫凤凰山，凤凰山上有故事，最美的故事叫"凤凰双展翅"。

清晨的太行山上，先是听见这种很有节奏的声音，好像是空旷山里跳跃的乐章，节奏明快，锤钻铿锵。诗人白居易说"大珠小珠落玉盘"，美倒是美，不如这个声音铿锵有力；辛弃疾说"卧看千山急雨来"，大气倒是大气，但不如这个声音有节奏，"轰隆隆"的炮声霸气侧漏，不如这个"叮叮当当"的声音清丽。这声音清脆悦耳，又那么有节奏，响亮却不刺耳，重复却不单调，有气势，有呼吸，有节奏，有强弱，有对话，有礼让，有微笑，有不服输，又有人定胜天的勇气……

巧英刚到渠上，听着声音入了迷，她循着声音找寻，看见在另一个山头上，五个姑娘一组，头戴柳条编的安全帽，其中一个姑娘两只手扶两根钢钎，四个人分在两边打钎。每根钢钎两人轮替打，你来我走，你走我来，只见锤走流星，上下翻飞，如鸟儿飞翔，似彩凤展翅。巧英看得入了神。

她们是谁？怎么打得这么熟练？

原来，她们是采桑公社的普通民工，为首的名叫郝改秀，20岁左右，梳着两条短辫，一笑脸上就有两个酒窝，穿着紫红色方格布衫，宽宽的花裤子。当她们一听到小喇叭广播，说正月十六正式上工时，一下就睡不着了，连夜联系好，又连夜准备了行李、工具、粮食等，正月

打钎扶钎“凤凰双展翅”

十五天不亮就出发了，天黑时到了任村盘阳。在那里，度过了1960年最难忘、最有意义的元宵节。

“答答滴答”的号声响了，郝改秀正做梦，马上不做了，赶紧起床，又推推旁边的姐妹们，大家一骨碌爬起来，麻溜起床、吃饭。

工地上的活儿，先要挖土、抬土，清理出渠基。抬土是有指标的，为了完成任务，抬土时来回都是一溜小跑。现场还有人负责广播，谁抬得多、跑得快就受到表扬、插红旗；谁抬得少、跑得慢就要挨批评、插黑旗。

渠沟挖出来后就开始垒墙了，这是男人干的活儿。她们也不闲着，就去采石放炮，并且成了主力军。放炮得先打炮眼，对拿惯了针线的姑娘们来说，这真是个挑战，锤与钻的撞击她们可是第一次接触。刚开始，掌握不好力度，吃了猛劲儿，震得胳膊生疼，中午胳膊就肿了，晚上胳膊抬都抬不起，第二天的锤就轻飘飘的，没力度，胳膊一偏，砸住扶钎伙伴的手……

但被砸住的也没有怨言，胳膊疼、打不好，锻炼的少呗，谁不是学学才会的！姑娘们并不气馁。

她们干活的这架山叫凤凰山，名字很好听，可是石质很坚硬，一点也不好打。她们像愚公一样，挖山不止。在这里，行动是唯一的表达。

刚开始没打几下就没有力气了，“呼哧呼哧”直喘气。渐渐地就把劲儿练上来了，能一口气打20下，后来就一口气能打50下，再后来能连续打40分钟，才歇一歇，换换班儿，把里面的渣儿掏一掏。从生手到熟手有什么诀窍？那就是多练习。

一天一天过去了，她们都成了抡锤打钎高手。一般打钎都是两人一组或三人一组，她们怎么是五人一组呢？

这事要从头说起。原来，领导为了提高她们的积极性，就把24个姑娘分成了两队，一个队叫“十二姐妹”，一个队叫“十二英”。十二英是指名字里都有一个“英”字的十二名姑娘；十二姐妹是指另外能干活儿的十二位姑娘，比如荣珍、凤巧、艳菊、松珍、郝改秀、用仙、巧荣等。两队友谊竞赛，看谁先完成任务。就这样，积极性都被调动起来了，两个组的姐妹们决心都很大，在誓师大会上，她们表示：“宁愿甩掉十斤肉，不当修渠软骨头！”“渠不修成不结婚！”

可这五个人一组的“凤凰双展翅”绝技，是谁教的?

问起这些，姑娘们腼腆地笑了：“在家都没有打过。都是来到工地现学的，刚开始不会打，打得多了就越打越熟练，闭着眼也能砸在钢钎上。其实这些方法是我们自己摸索的。”看吧，技术熟练了，就会有创造。有时一块大石头需要打两个炮眼，就用一个人扶钢钎，节省一个劳力。于是山崖上每天响起“叮叮当当”赛过音乐的打钎声，就有了五人一组的合理组合。

一天上级领导和记者来工地，看见这样的打钎场景，充满敬佩地夸赞说：“这是艰苦的劳动，也是完美的艺术。”认真看了又说：“都是女子，又在凤凰山上，就叫‘凤凰双展翅’吧。”记者赶快拍照留影，后来，这张照片就被命名为凤凰双展翅”。这个珍贵的画面还被拍摄进了电影纪录片《红旗渠》。

连长郝改秀和姐妹们一直战斗在红旗渠建设的工地上，1966 年，郝改秀还被评为“红旗渠甲等劳模”。

十二姐妹、十二英，这些铁姑娘们，互相帮助，团结协作，攻克了一个又一个难关。她们的事迹，直到今天，还一直被人们传为佳话。

两县携手架“飞桥”

红旗渠通水后，林县几十万亩庄稼得以灌溉。

看吧，一场返青水浇过，麦苗青簇簇地上来了，一垅一垅的像一条条绿色的小龙。九垅一畦，齐齐整整的，看得人心里舒畅。这块地，有二亩，黑绿黑绿的叶子，麦穗又大又长，籽粒饱满，看这长势，丰收是手心攥着的；油菜花金黄金黄的，小蜜蜂嗡嗡地飞，今天的油菜花，明天的菜籽油；山洼里，白的梨花，红的桃花，还有杏花、李花……这些花，都会变成累累的果实缀满枝头。

看着这一派丰收的景象，李大爷却深深叹了一口气，不禁想到了自己的田地。

去年冬天，通了渠水的那些村庄，各家各户都喜气洋洋地去浇“封冻水”，李大爷没水浇地，就蜷在自己大门里吸了一天的旱烟，吸得嗓子眼干疼干疼的。没水浇地，又没有下雪，结果去年冬天冻死不少麦苗；今年麦子返青时，有渠水的村里人又背起铁锨欢欢喜喜地浇“返青水”，李大爷又吸了一天的旱烟，人家的麦苗返青了，自己的麦苗快旱死了……两村相隔并不远，却是天壤之别，这怎么能不叫李大爷深深叹气呢？

李大爷的小孙孙问：“爷爷，我们为啥就没水浇地呢？”

“为啥？没渠呗。”

“为啥不修渠呢？”

“为啥？”李大爷抬起眼举起手，指指远处对小孙孙说，“那么宽的大河沟，渠水上不来呀。”

原来，红旗渠通水后，有的村庄因为特殊的地理位置，还是用不上渠水，东岗公社的北丁冶一带就是这样的情况。渠水和北丁冶隔着一条一里多宽的大河沟，北丁冶一带眼睁睁地看着邻村庄稼年年丰收，而自己的庄稼年年几乎连种子都收不回来。

摆在丁冶人面前的是两条路，第一条路是苦熬。已经熬了几年了，隔壁村年年高产、家家丰收，北丁冶一带却吃不饱，只能干着急。小孩儿老是问：“为什么我们不能天天吃白馍和面条？”听到这话，大人们心里甭提多难受，难道就让孩子也这样祖祖辈辈缺水，一代又一代苦熬吗？看看别村孩子碗里盛的饭，看看自己孩子的碗里盛的饭，对比一下，心里油煎一样难受。

第二条路是苦干。要说丁冶人是不缺实干精神的。村西有好多好多的铁矿，附近就有大型的炼铁厂。干部召集群众开会举手表决谁同意苦干修渠，谁怕困难不修渠，结果都愿意苦干修渠。秀花说：“只要干部带头，再苦再难我们跟着走。”

于是，丁冶人下定决心：宁愿苦干，不愿苦熬。

渠水到北丁冶，须跨越大河沟，要建一座渡槽。

丁冶与安阳县搭界，如果丁冶一带可以用上红旗渠的水浇地，那么安阳县都里大队一带的村庄也能用上红旗渠的水浇地。

东岗公社干部说：“我们计划修渡槽，修好你们也能受益，你们有意向修渠吗？”

“我们十分愿意！我们出力出钱一起修。”

于是他们约定好：携起手来，一起建设这座渡槽，建成后一起管理，一起使用，互惠互利，共同受益。随后双方按照约定，筹集资金，组织参战民工。

1969年4月上旬，各队人马就上工了。出现在人们眼前的，是一个人欢马叫的场面，大家早早地就来上工了，人把路都占满了。东岗不缺好石匠，都铆足了劲儿展开竞赛、争夺小红旗、排名次，要在渡槽的建设上一显身手。你看他，右手挥锤，左手握钻，“叮叮当当”一刻也不闲着，每打一下，左手都要往前移动一点点位置，锻的石头寸三道、五面净，有角有棱，面还平整。

“水叶，你哥哥去拉石头了，你也去吗？”

“去！哥哥用的是哥哥的力量，我用的是我的力量，我弄不了大的可以弄小的。”

“小花儿，你去干啥？”

“我去给我爹拉车呀。”

“你还没有车高呢！”

“谁说的，我都13岁了。”

秀花婶子牵着小毛驴，杆子叔拉着平板车，路有多宽，人就有多宽；独轮小推车“吱吱扭扭”推石头，推车走下坡的时候，下坡太滑控制不住了，焦保绪不顾危险，跑到车前，用身体把车顶住，才避免了一场事故。推了一车又一车，推空车回来的时候快步如飞，后来就一路小跑，唯恐自己落后；淋石灰的池边冒着一股一股的白烟；垒砌的匠人要照好平，把好角；和泥的小工也闲不住，匠人干活快，小工得有眼色，备料备得足足的，泥浆和得软软的，可不能叫窝了工，这可是自己给自己造福呢；秀花的孩子6个月了，她赶紧让孩子吃饱，送给奶奶照看，临走还说：“孩儿，妈妈去给你修渡槽了。”自己就上工去了，大孩子懂事地给妈妈挥手，让妈妈去修渡槽。

施工的人数最多的时候有6000多人。

人们不怕苦、不怕累，只怕没有水。

建成后的曙光渡槽

这座渡槽，南北长 550 米，一共有 20 个孔洞，最高的孔洞比五层楼还要高，南丁冶、北丁冶包下了这几块硬骨头——最高的孔洞。

最大的困难还是缺钱缺物。没有石灰，全丁冶群众每人割荆条 100 斤，再锯来好多木头，然后去东岗换来石灰；没有机械，全凭人力苦干。

随着高度的增加，进度越来越慢。要在河沟里垒五六层楼高的石基，并且要连起来，又没有起重机或吊车，全靠人抬、肩扛，一块一块往上传，难度越来越大。

速度一旦慢了下来，人们的心头就像蒙了一层灰。怎样才能更好、更快地建设渡槽呢？这是需要迫切解决的问题。

“必须创新！买不起吊车，我们就自己动手造！”李景玉说。

于是民工就开始实验“吊车”。在一次实验中，大绳断了，李景玉赶紧呼喊别人离开，他自己却被掉下来的横杆砸成重伤，住进医院，三天三夜昏迷不醒，全家人担心得哭了，可是他醒过来第一句话就是：“吊车好了吗？”，还说：“只要能修成渡槽，引来红旗渠水，我的伤就是治不好，我也毫无怨言。”

朴实的村民就是这样，不计自己的得失，一心为了早日建好渡槽。

“吊车”终于造成了！全是老李带村民制造的，大家都叫它“土吊车”，这个“土”字含着亲切与认可。后来的工作中，土吊车办了大事，一次能起重一千斤左右，工效提高了4倍多。试制成功后，老李带村民又制成了“土吊车”8部，大大加快了修渡槽的速度。

修建渡槽的工地上又恢复了以往生龙活虎的热闹场面，大家施展着自己的好手艺、好力气，纷纷开展劳动竞赛，工地涌现了一批“架渡槽能手”“垒墙骨干”“优秀吊车手”等模范。渡槽修成了，干活利索脑子灵活的小李谈好了一个对象，对象是邻村的，活泼能干，嘴还甜，说话耐听。

不光快，还要保证质量，还要把名字刻在石头上——哪个村修的就在哪段石头上刻村庄的名字，是荣誉，更是“责任”。

来参加共同修建的都里大队大队长郭有才说：“大渡槽虽然在林县，但是改天换地的意志却是一致的，我们是来向林县人民学习的，要同林县人民并肩战斗，共同完成修渠大业。”

渡槽于6月下旬胜利竣工，不到三个月的时间，北丁冶一带和都里一带就用上了红旗渠的水浇地。苦熬，无限期；苦干，三个月。

上过几天私塾的老秀才摇头晃脑地教孙子：“天下事有难易乎？为之，则难者亦易矣。”

“啥意思？”

“意思就是‘天下的事，只要你去做，就开始变得简单了’。”

这一年，小麦足墒下种，上冻前浇了“封冻水”；第二年开春，及时浇了“返青水”，麦苗黑簇簇地往上长；五一的时候，麦子抽穗了，放眼望去，田地里都是根根向上的麦芒，风一吹，绿浪翻滚，麦芒长、麦穗大；灌浆时浇了“灌浆水”，个个籽粒饱满，胖乎乎，绿生生，用牙一咬，流出白色的汁液，甜甜的。老李抽两三个麦穗，在煤火上一燎，用满是老茧的手一搓，吹去皮，就留下热乎乎的、香喷喷的烧麦籽，孩子边吃边扯着嗓子喊：“真香啊！”

孩子还要抽麦穗烧，被大人制止了：“过几天割了麦子，天天给你吃白面馍和面条。”

孩子就呼喊着跑了：“噢——天天能吃白面馍和面条啦。”

这全是因为有了红旗渠水，全是因为渡槽的功劳啊。

曙光渡槽是三干渠三支渠上的重要建筑物，是群众自己设计、自己施工修建的较大工程。全长 550 米，最高 16 米，设计流量 1 立方米／秒，由林县东岗公社和安阳县都里大队修建，参加施工人数 6500 多。

“一槽飞架南北，旱地变良田。”曙光渡槽的修成，东岗和都里的百姓都受益匪浅，这是林县和安阳县人民联手奋斗的成果，是两县人民友谊的结晶，是竖在天地间的丰碑。

军民情溢红旗渠

1994 年 3 月，林州市委、市政府打响了红旗渠总干渠技术改造工程的战斗，决定于总干渠段组织施工，在山西境内 19.25 公里的渠道内展开清理淤塞物、铺衬混凝土渠底，翻砌渠墙等技改项目，以及在总干渠河口以下展开渠墙喷浆防渗等技改施工。

济南军区得知红旗渠技改消息后，即调遣两个工兵团共1629名官兵参加此次技改。1994年3月7日下午4时，一封限期归队的加急电报送到正在开封家里休假的某部九连副班长王昌青家。这时，王昌青因患急性呼吸道疾病，高烧不止，住进了医院。他闻讯后，深知军情紧急，立即要求出院归队。父亲王泉海曾是边防战士，不惜花费600元钱租车把尚未痊愈的儿子送回部队，连队官兵列队为这位可敬的老战士送行。喝红旗渠水长大的侯松山，是某部二营教导员，正在家里侍奉病危的老父亲。当老人溘然去世，全家陷入极度悲痛之时，收到归队电报，他只好把父亲的殡丧后事托付给弟弟，自己在父亲灵前含泪三叩头后踏上归途。3月15日，红旗渠渠首军民誓师大会战拉开了技改工程的序幕。来自11个乡（镇）的1.7万名民工、民兵和两部官兵，在红旗渠畔安营扎寨，摆开战场。为彻底截住漳河水，部队首长一声令下，严阵以待的150名战士，扛起80公斤重的沙石袋，扑扑通通跳入齐腰深的水中。手冻紫了，腿发僵了，跌倒了爬起来，在短短40分钟内，用1万余条沙袋垒起一道宽2米、高2米、长百余米的扇形拦水坝。有一个部队在清除林英洞内淤积时，用架板搭起了十几米长的斜面桥，一小推车泥沙5个人前拉后推，一溜小跑推上岸。战士朱孔健1993年腿部受伤，部队开拔时让他留守，他怎么也不肯。到了工地不便下渠，他就在岸上干；腿支撑不住，就跪着干活。姚村镇承担的长达399米的谷堆寺段，渠道全悬在半山腰，背依险峰，下临深谷和漳河。民工们自己动手，用汽油桶、木板扎起了十数只木筏，运送了600吨水泥和1000吨石料，先运到山下，而后，肩抬背扛到百米高的渠岸上。坟头村17名女工，傍晚收工时，摆渡过河，木筏突然倾覆，筏上的人全部翻身落水，幸亏救援及时才平安无事。姚村镇运料唯一通道要通过东岗乡施工的600米渠段，若该乡备料、浇筑渠底，姚村镇便无路可走；若要让道，东岗乡的工期就要延后。东岗乡以大局为重，发扬团结协作精神，主动将工期后延两天，让出了姚村运料通道。山西省平顺县群众主动修桥补路，挪屋腾房，支持红旗渠技改施工。

时任国务院总理李鹏、河南省委书记李长春分别为军民共建活动和红旗渠技改工程题词：“军民情谊深，红旗渠流长”“军民情溢红旗渠”。

为纪念这一军民团结治水的壮举，在红旗渠渠首刻立纪念碑一座。碑正面为国务委员陈俊生题写的碑名“红旗渠技改工程军民共建纪念碑”，另外三面分别镌刻着李鹏、李长春的题词和碑文。

1994年4月2日上午，在山西省境内的红旗渠渠首举行了红旗渠技改军民共建纪念碑揭碑暨通水典礼。河南、山西有关领导和参加技

红旗渠渠首的军民携手共建纪念碑

改施工的解放军代表及林州市（1994 年，经国务院批准，撤销林县设立林州市）民兵、群众代表 1000 余人参加了庆祝活动。

1993 年度技改工程共完成土石方 158594 立方米，浆砌石 8245 立方米，浇铸混凝土 13876 立方米，渠墙喷浆 2.05 万平方米。

随军转战的粮食供应队

古人云，兵马未动，粮草先行。又云，军无粮草自散。可见，粮草对行军打仗何等重要。

修建红旗渠，号称“千军万马战太行”，将其称为一场水利大会战，一点也不夸张。

红旗渠动工的 1960 年，正是三年严重自然灾害的第一年。那时，各种法律制度都还很不完善，国民经济正在调整恢复之中，各类物资十分缺乏，粮食供应更是紧张。国家将粮食定为战略物资，实行统购统销，加以严格管控。

那么，林县县委是如何解决数万民工吃饭问题的呢？

在引漳入林动工之前，林县县委就下发了“林县引漳入林总指挥部财粮金融股工作意见”，对粮食供应部门的设置和供应的范围做了具体安排。刚开始战线拉得很长，粮食供应点也是遍布整个渠线。如：在石城设立粮食供应站，负责任村公社民工的粮食供应；在王家庄设立粮食供应站，负责东岗、姚村、石板岩公社民工的粮食供应；在河口设立粮食供应站，负责河顺、城关、任村公社民工的粮食供应；在盘阳设立粮食供应站，负责采桑、横水公社民工的粮食供应；在白家庄设立粮食供应站，负责东姚公社民工的粮食供应；在任村设立粮食供应站，负责合涧、原康、小店、茶店、临淇、泽下公社民工的粮食供应。

工作意见还对粮食供应做了具体规定。

一是民工自带口粮管理办法。“意见”要求，凡参加建渠的民工，一律按照“以人定量”标准自带红薯干，粮食部分一律卖给当地粮食管理所，由原粮折成成品粮，由当地粮食管理所开具粮食转移证，到工地粮食供应站凭证购买施工用粮。但无论红薯干和粮食，必须按照规定标准，既不多带也不少带，既不多卖也不少卖，应卖的必须卖足。工地的幼儿和保姆的粮食供应问题,也按“以人定量”标准自带红薯干。粮食进行转移，凭证购买，否则不准购粮。

二是补助粮食要求不分男女，凡是符合一个整劳力的民工，每人每天补粮半斤。工地幼儿和保姆一律不补助。

三是油品供应规定，无论民工或机关干部，一律随粮食转移，到工地凭证购买。具体标准为，在工地的民工，每人每月新秤二两半，机关干部一律按原规定标准，每人每月新秤四两。

四是要加强对食堂的管理，进行计划用粮和节约用粮教育。各食堂要本着“瞻前顾后，细水长流”的精神，食堂要做到粗粮细做、细粮巧吃、粮菜混吃，实行饭菜多样化，保证民工吃饱、吃好、吃省。要求各食堂要在正确执行国家粮食政策的同时，搞好民工生活。要求各机关、团体、工地所有伙食单位，必须保证做到“六无”，即无虚报人口，无假报缺粮，无来客不收粮票，无饭外流，无粮食投机，无糟蹋浪费。

五是抽调各公社的粮食干部统一使用。在保证粮食供应的同时，必须不断地深入工地各个食堂进行检查，杜绝虚报人口现象，并帮助食堂搞好生活。

为解决工地干部和民工的吃粮问题，粮食部门在沿渠线设了粮食供应站，其中有石城、豆口、东庄、王家庄、河口、卢家拐、盘阳、木家庄、杨耳庄、任村、杓木 11 个。全县从各粮食管理所抽调牛占荣、葛生林、常文明等 30 多名干部职工，安排在各粮食供应站管理粮油。

人员到位后，在引漳入林总指挥部设“粮食供应股”，粮食局副局长牛占荣任股长，葛生林任副股长，郭贵卿在粮食供应股主要负责粮食调配工作。到了 3 月，牛占荣因另有任务调回县里，就没有再任命股长，粮食供应工作由郭贵卿负责，一直坚持到 1961 年 1 月。直到第一期工程结束时，郭贵卿才调回粮食局。

1960 年 3 月盘阳会议后，引漳入林工程改名红旗渠工程，工程实施战略大转移，除个别重点工程外，全线干部民工集中修建山西省境内 20 公里渠道。为保证粮食供应，沿线粮食供应站也随之进行了调整，分别在平顺县的石城、豆口、东庄、王家庄和林县的河口、白家庄、任村设立了七个粮食供应站。

当粮食局的人员到达工地后，人没有房子住，粮食没有储备仓库，甚至连堆放粮食的场地也没有。面对种种困难，干部职工亲自动手，他们在村子里的打谷场搭好帐篷，将粮食堆存在帐篷里。

1960 年正月十五元宵节，原文礼早饭在单位吃过饺子后，就从小店公社粮管所出发，一路步行上了引漳入林工地。一开始住在任村粮食管理所，主要负责任村段干部民工工地粮食的供应工作，即审批各连队民工的补助粮。

当全渠线民工转移到山西省境内后，原文礼也随之转移到了山西省平顺县王家庄公社东庄村。那时粮食堆放在一个打谷场上，用帆布篷盖住，白天供应粮食时就把帆布篷打开，晚上再盖好，这个大谷场就成了东庄粮食供应站。站里共有七个人，主任是原连吉，副主任是贾明华，崔随民是保管员，会计是董长河，营业员是杨太山，原文礼主要负责民工生活补助审批工作，另外还有一个炊事员，组成了一个小小的战斗集体。

当时，县里规定，参加红旗渠工程建设的民工，全部都要自带标准口粮。粮食局依据县委规定，按缺粮队每人每天带 0.7 斤原粮；自足队带 0.8 斤原粮；余粮队带 1 斤原粮；不足部分由县里补助的办法执行。各粮食供应站的主要任务：一是保证全渠线民工粮油供应，搞好粮食品种搭配和吃粮计划的安排与管理。二是把民工生活搞好，每个粮站都要抽出一名职工抓食堂的生活管理。由于粮食标准低，就组织民工采集各种野菜，在饭里增加野菜等各种代食品。三是搞好粮食加工和粉碎工作。

粮食加工可不是件轻松活。

红旗渠全线民工曾多达 3.7 万人，每人每天按 1 斤粮食计算，日需量即 1.8 万公斤。这可不是个小数目。

从县里和各公社拉来的集体储备粮，绝大多数是原粮，必须进行加工。为此，总指挥部在木家庄村开设了粮食加工厂，但加工设备是传统的碾磨。后来，经过技术革新，他们利用漳河水建起了水磨坊，安装了水打立式石磨，用这种磨加工，日生产量有了很大提高，但还是不能满足全渠线的成品粮供应。指挥部又安排县面粉厂和合涧面粉厂组织粮食加工，然后运往工地。

粮食运输也是个大难题。

当时的运输条件很差，渠上的各项物资需求量很大，汽车和拖拉机还很少，指挥部几乎把全县的各种运输工具都动员起来了。除县、社、队的汽车、拖拉机外，各生产大队的马车、小推车等运输工具也全部出动了。

运输队组织起来了，但汽车、拖拉机要烧油，骡马要住店吃草，司机、车把式要休息吃饭，后勤服务也是个大问题。

这一切，指挥部也都有通盘考虑。

首先就是如何解决流动人员的吃饭问题。例如汽车、拖拉机司机，赶汽马车人员，他们流动性大，活动范围广。总指挥部工作人员要到全线工地检查工作，很难固定食堂，吃饭问题怎么解决？为解决这一难题，总指挥部粮油供应股想出个办法，决定用油印机印制全县通用饭票，发给这些经常流动的人员，人到哪里，就在哪里的食堂吃饭，包括总指挥部、分指挥部、群众食堂。收到通用饭票的食堂，一个月统一到总指挥部结算一次，总指挥部根据收回的饭票统计数据，安排粮食供应站供应粮食。

那时，工地民工的补助粮搭配标准是:杂粮 30%（主要为玉米面），面粉 70%，有时，采购员从全国各地购回来木瓜片等代食品，经加工后也作为杂粮供应给干部、民工。

其次是严格防控运输环节的粮食损失。粮食主要是靠汽车和汽马车往工地运送，各粮食供应站在接收运来的粮食时，是根据汽车司机和赶汽马车的人所带的凭证，经验收后开据收条。在供应方面，各连队每隔十天左右，就把修渠人员的花名册列出，包括姓名、天数、粮食补助数量等，经分指挥部审查盖章后，到粮食供应站领取粮食。供应站还要作进一步的审核,无误后方由会计开票,交由营业员发放粮食。

在红旗渠工地，有一段时间，干部每人每月标准才 24 斤口粮，各粮食供应站的人员，虽守着那么多的粮食，也时常饿得肚子咕咕叫，却一粒也不敢多吃，每顿饭也就二三两粮食，而且还没有蔬菜。

1960 年年底，红旗渠全线落实中央“百日休整”指示，全线民工都回本村休整，只留下300名青年仍在开凿青年洞。这段时间他们的粮食标准最高，民工每人每天补助2.5斤，干部的口粮，则按照国家规定的工种标准进行安排。

1961年6月,总指挥部决定撤销“粮食供应股”,成立“财粮生活股”,葛生林任股长,常文明任副股长。第二年1月,“财粮生活股”改为“粮股”，万礼栓任股长，常文明仍任副股长。

红旗渠总指挥部为了搞好民工生活，充分调动生产积极性，经常修改和调整粮食补助办法。

1961年7月28日下午,工地总指挥长王才书召集副指挥长段毓波、技术指导股股长石玉杰、办公室主任彭士俊和李文杰、石玉章等人员，专门研究如何解决民工吃粮问题。会上一致认为：前段以所完成的任务数量定粮食补助，执行的每工补10两粮食，3毛钱的奖励，还不能解决工程难度大、定额偏高等根本问题。对完成任务少的临淇、横水、原康等公社，补助的粮食少，不能解决民工的吃饭问题，也不能保证民工的生活标准。特别是横水公社有几个大队，每人每天按标准只能补助1两粮食，这个问题要不及时解决，将会影响整个工程的进度。针对这种情况,大家一致同意,今后要实行基本口粮加多劳多得的办法,即按人头计算，每人每天要保证吃到8两补助粮。同时，还有2毛5分钱生活费，余下的3两粮食和5分钱可作为奖励，可进一步调动他们的劳动积极性。

因这一问题是十分重要，而且研究起来也很细微、复杂，所以一直从下午3时研究到晚上8时才结束。

林县粮食局在红旗渠建设中，最多曾设立过11个粮食供应站和转运站。单是从1960年到1966年，就组织供应粮食达1246万公斤，有力地支援了红旗渠工程建设。

可以看出，在工程艰巨、自然灾害严重、粮食十分紧缺的情况下，指挥部干部职工与民工同吃同住同劳动，粮食部门干部职工尽职尽责，严把粮食供应关，全体民工发扬自力更生、艰苦奋斗的精神，挖野菜，捞河草充饥，构筑起一条精神的纽带。这种清廉从政的作风，是一面迎风招展的旗帜，是一个无法撼动的坐标，鼓舞着我们在新时代的征程上奋勇向前。

“络腮胡”遇上“铁肩膀”

红旗渠修成后，地球上添了一条蓝色的飘带，地图上多了一条代表河流的曲线。走到近处仔细看，这柔美的飘带、优美的曲线，原来是太行山上最硬的石头砌成的。

可你要说石头最硬，有人就不服气了。有比石头还硬，那就是——红旗渠上的“铁肩膀。”

周成林是一个彪形大汉，力量超人，绰号“铁肩膀”。

“铁肩膀”个子高，饭量大，力气更大，更稀罕的是他的肩膀。抬石头不用垫肩，从不说肩膀疼。别人用杠子抬石头，个个肩膀肿得像紫茄子。大家都纳闷，铁肩膀咋就不吭声呢？是不是半傻子，不知道累。

“说不定，就是个傻子呢。我和他抬过一根杠子，他总是把绳子往他这边移二寸。”一个民工说。

“移二寸？”大伙着实吃了一惊。经常抬石头的人都知道“让一绳，压死人”的俗话。就是说，在抬东西的时候，一般杠子上有公道记号，是正中间，绳子放这儿，两个人出力就是一样的。要是绳子往谁那移动了一绳子的距离（不到半寸），就能“压死人”。可这个人，竟然让出了二寸！

当多数民工一致认为他有点傻后，一位上岁数的民工说：“人不可貌相，海水不可斗量，说不定真的是个奇人呢。”

“什么奇人，和我们一样，吃一样的饭，喝一样的野菜汤，晚上照样放屁磨牙打呼噜，有什么不一样？”

“但力气大是真的呀！”

于是，大家就分头调查，看看这人究竟什么来头，到底是真傻，还是神力。大家的消息一汇总：他不傻，也不呆，就是力气大，想多做贡献。因为他力气大，抬的石头很大，大家就都觉得受不了。于是他就主动往自己这边移动二寸绳子，自己多出点力，让搭档少抬一些。

时间一长，他就形成了一种习惯，跟谁抬石头都主动移二寸。大家明白了，这是个积极的修渠人，大伙儿都觉得冤枉了他。

一天，连长分配他和路广抬一根杠子。这个路广，身材不高，身体较瘦，说话轻声细语，倒是满脸络腮胡须，像个小老头。

“铁肩膀”一看，心里直犯嘀咕：这个人，一看就没有多少力气，我要是抬大石头，他肯定吃不消啊；可要是抬小石头，那我不是窝工嘛，不是就对红旗渠的贡献小了嘛？

“不行，我得找连长去，把这搭档给换了。”想到这儿，抬脚就要走。

“络腮胡”却一伸胳膊拦住“铁肩膀”，问：“怎么？你是不是觉得我长得小，不配和你一根杠子抬石头？”

“铁肩膀”连忙说：“不是，不是。”

“络腮胡”又问：“你是不是觉得我不敢抬大石头？”

“铁肩膀”急忙否认。

“络腮胡”继续逼问：“你觉得我这个肉肩膀顶不住你那个‘铁

肩膀’？”

“铁肩膀”摇摇头：“都不是，都不是。”

“络腮胡”说：“我看你的脸色，不喜欢我。”

“铁肩膀”连说“喜欢，喜欢。”

这时，“络腮胡”坚定地说：“你不过是一个铁肩膀，我这个肉肩膀是‘钢肩膀’，还顶不住你那个“铁肩膀’吗？你要不信，咱俩就一连抬三天石头，你尽量捡大石头抬，看看我到底行不行。”

“铁肩膀”见“络腮胡”虽然不服气，可身材是明摆着的，心里还是犯嘀咕，暗暗想：我找几块大石头抬抬，等你顶不住自己就当了逃兵。

就这样，“铁肩膀”有意选最大的石头抬。而“络腮胡”呢，别看身体瘦弱，却一点也不服输，无论捆多大的石头，他硬是一声不吭地抬起来。三天过后，“铁肩膀”见自己的“诡计”没有得逞，“络腮胡”不但步子不乱，身体也一点都不歪，心中也对其十分敬重。

“铁肩膀”没想到，他不计较了，可“络腮胡”却发起了挑战：“咱这几天抬石头，只是个小较量，咱再来个大较量。你是‘铁肩膀’戴有垫肩，我是不戴垫肩的肉肩膀，咱俩抬上石头后，用木杠子在肩上拉锯，比三天。”“铁肩膀”当然不肯认输，愉快地应战了。

拉锯开始，“络腮胡”的肩膀一点也不红，“铁肩膀”感到很奇怪，伸手摸了摸“络腮胡”的肩膀，肩膀上全是厚厚的老茧子，怪不得不会红肿。

较量了三天，“络腮胡”问“铁肩膀”：“我配和你当搭档不？”

“佩服佩服，都说我是‘铁肩膀’，我看你一点也不差。这真是山外有山，天外有天。”

后来他们成了红旗渠上一对模范搭挡。从此以后，不论白天黑夜，不论走陡坡还是险路，只要是他俩抬着石头，绝对万无一失。

就这样,“铁肩膀”周成林和“络腮胡”路广“比武”相识的故事，在红旗渠工地上成为美谈。大家一说力气大，就想到这对模范杠子手。

红旗渠上的石料，正是靠着千千万万和周成林、路广一样不怕苦不怕累、只怕贡献小的杠子手队伍团结协作、无私奉献，才能顺利修建成的。

红旗渠建成后，两个人都成了名副其实的铁肩膀，挑起了建设富美林县（州）的新担子，一路向前奔！

“花木兰”和“父女兵”

“推着那小推车呀，从山下推到山上，推出来大军十万出呀么出太行……”这是在林县（州）广为传唱的《推车歌》，经著名歌星东门星河首唱后，立刻红遍大江南北。尤其在我们林县（州），几乎谁都能哼上两句：

车轮子吱吱扭扭　向前方

推呀那个推呀　那个推呀那个推呀

只因为山外还有山

道路越走越宽广……

小推车，毫不夸张地说，在林县，每家都有，是家家户户必备的生产工具。小张是位教师，家里本来用不着小推车，可是结婚时被岳父陪嫁一辆，说：“没有小推车，就没有林县人的精神，哪怕农忙借给邻居，这小推车必须有！”

这一个轱辘的胶轮车，外地人想推还真不容易，因为难以掌握住平衡。可在林县人手里，那就像自己的手指一样灵活，下坡的时候，一边推一边不误腾出手拉刹车。孩子从小就见大人推，稍大一点就积极主动地去推，长大了就是车把式。林县人会推，也舍得下力气，小推车在红旗渠上可是重要的运输工具呢。

平路还好些，要是上坡，要是载重，可就不容易了，推的人撅着屁股哈着腰像一张弓，满头满脸流汗没法擦，汗水流到眼睛里了，就甩一下头，继续推。就这，也有上不去的陡坡。于是，推车的都要有一个女孩子管拉车。

有人说，力气小可以少推点，可那就少做贡献了，而且还拿不到全劳力的工分，更可能被人笑话。于是，推大车，多装多推的人很多，到时候丈量方量，推得多了，工分也多，家里的生活也就能相对好一些，自己的老婆孩子就少闹一些饥荒，作为家里的男子汉顶梁柱，都在尽量多推。

但有两位爸爸，找不到拉车的。

第一位是英子爸。英子爸自小学过两天武术，自己又一直练着，用他的话说是有“童子功”，武术多精湛没人见过，力气大、不怕冷倒是见过。修渠的时候，他的任务是推渣土。英子爸说：“夏练三伏，冬练三九，看我的！”就“砰砰砰”把棉袄的扣子一一拽开，黑棉袄就像蝉蜕壳一样被扔在一边，他就赤着上身一溜小跑推起了渣土，在一群黑棉袄里面穿梭，很醒目。

开始是“麻花辫”管拉车。“麻花辫”一头自来卷，很稀罕，辫成辫子也跟别人的不一样，人家的辫梢是直直的，她的是弯曲的，弯弯的辫梢和小短辫就组成了好看的“麻花辫”。

要说“麻花辫”，干活也是一把好手，在家是老大，兄弟还小，常自比花木兰，像个男孩子一样有干劲儿。家里地里渠上的活儿她都积极参加，谁家男孩子要是干活不行，常会被母亲叨叨："你看看人家'麻花辫'，一个女孩子，比你还能干！"

都知道英子爸的干劲，都说跟他拉车，他力气大推得多，他评模范你也是模范啊！"麻花辫"摩拳擦掌对英子爸说："你好好推，我使劲儿拉，我也弄个模范，哪怕得个表扬呢，也跟着你光荣光荣。"

大家都看好这对搭档。上渣土的时候，他们总要比别人多装，车子冒尖了才罢休。上坡的时候，要不是"麻花辫"是个硬劳力，这个坡指定上不去。下坡的时候，需要一边刹车，一边拉着车，以防溜得太快。可英子爸下坡也比别人快。上过山的人都知道，上坡容易下坡难，下坡的时候虽然不费力，但不能贪着赶路，不能太快，否则腿会疼。英子爸仗着脚大腿粗，愣是不停地跑，"麻花辫"在后面撵，一趟下来累得气喘吁吁。第二天，"麻花辫"一个趔趄，居然崴了脚，脚脖子肿得像小腿。必须重新找个拉车的了。可是，派谁，谁就说："'麻花辫'去不了，我们都不成，人家跑得太快了，俺跑得慢，配不成套。"连长给他找不到女拉车的。没人拉车，他就独自推着车去了，上坡上不去，就把车轮一横歇一会儿。其实这样在陡坡上歇息是很危险的。

工地上的铁姑娘们

女儿英子看不下去了，主动找到连长说："俺爹干劲儿大是好事儿，但一个人太危险，万一出点事就坏了，我愿意去给俺爹拉车。”连长一听，竖起大拇指说：“虎父无犬女，去吧！”经过连长批准，英子一蹦多远就找爸爸去了。

爸爸一看闺女来拉车，知道闺女的干劲儿，也明白闺女的孝心，高兴地搓着满是老茧的手说：“这就好办了，咱父女拧成一股绳，不愁不超额完成任务。”

父女车一上阵，往车篓里铲土时，铲得满，手又快，铲满车了，英子爸一低头，把车襻往后脖子上一搭，女儿英子一背拉绳，父女俩在路上一溜小跑。该上坡了，女儿弓背拉，英子爸弓脊推，车轮骨碌骨碌就上了。倒土时，把车把一撤，父女各扒一根车把，英子爸丢下，女儿两手一掟空车，一溜小跑回来装车。这辆父女车，天天超额完任务，车上插上了小红旗，小红旗迎风招展，父女俩越干越欢！

另一对“父女兵”，女儿叫捧莲，捧莲爸体力差，劳动任务完不成，天天倒数第一名。因为这，也找不到拉车的。连长一派谁，谁就说：“俺跟他拉车，力气没少出，任务上不来，回回倒数，他不嫌败兴俺还嫌败兴呢。”女儿不服这个劲儿：“谁说俺爹就回回倒数？我愿意给俺爹拉车！我就不信甩不掉这个倒数第一！”

捧莲虽然是个女孩子，但从小就干活利索，在红旗渠上锻炼了这么长时间，胳膊腿儿不亚于男孩子。见有人小看爸，便主动与爸拉车。这辆父女车一上阵，往车篓里铲土时，爸一锨，女儿两锨。推土时，女儿嫌爸力气小走得慢，有时就替他推重车，让他有个喘气的机会。由于父爱女，女帮父，谁都舍得卖力，所以这辆父女车很快就彻底甩掉了倒数第一的帽子。捧莲爸高兴地说：“要不是俺捧莲给俺争了气，说不定后进还是我。”

从此以后，工地就再也没有人完不成任务了。山西的老乡看到林县人拼命修渠，赞叹地说："这林县人真是把潜能全都发挥出来了。瞧人家英子和捧莲，这才叫'打虎还是亲兄弟，上阵还是父子兵'呢！"

红旗渠上赛事多

郭世杰 30 来岁就在红旗渠上修渠。修渠需要好多石头，而郭世杰他们这个工地有点特别，山上有几个好石窝，下面却有个水潭，从石窝往下掀石头，正好都落在水潭里。用石头的时候，只得到水潭里去捞。

这天，天气预报说要下大雨。领导说，我们必须把水潭里的石头捞出来，不然，一发洪水，就把石头给冲走了。于是大家一一表态，说"宁叫累断脊梁筋，捞石头任务定完成"。水潭平时是个死水潭，自然有许多青蛙、蝌蚪、螃蟹之类的小动物。

他们提出的口号是："大干苦干一个白天，力争把石头都捞完。"然后一个个精神抖擞，跃进水潭，水淹到人的胸脯，石头的形状自然看不清，简直就像盲人摸象一样。于是有人喊："眼睛看不见，用脚摸石头。"于是，几百只脚在水里摸，摸清石头的形状，要是小的呢，就闭上眼睛，闭上嘴，憋住气，一头钻到水里把石头搬出来。要是大的呢，就用同样的方法钻到水里，把石头拴住，用杠子抬走。因为任务很艰巨，连长又提出口号，鼓励大家说："宁愿往死里走一走，也不让石头被大水冲跑。"还说这是"龙嘴夺食，跟龙王较量"。民工的干劲儿被鼓得足足的。

但是，意外还是发生了。郭世杰仗着腿长，就没有太留心，结果被石头绊了一下，重心不稳，水一下就把他飘起来了。他失去重心，咕咚咕咚喝了好几口臭水，等人们把他拉起来的时候，他肚子里翻江倒海，只觉得一股股恶臭直往上冒，“哇”的一声开始吐，第一口就喷出了两只黑亮黑亮的小蝌蚪。旁边的郭四看得真切，不觉说道：“啊！还有蝌蚪！”郭世杰一听，更恶心了，呕吐不止，连肚里的饭都吐了出来。肠胃早空荡荡了，还是一翻一翻想吐，最后连胆汁都吐出来了，苦得他伸着舌头直摇头。尽管这样，他在吐完后噙着泪水反而咧着大嘴笑着说：“一辈子没有喝过蝌蚪汤，今天算是尝了鲜了。”郭四说他：“两只大蝌蚪，那可是肉呢。”“要不是水脏，我才不会放蝌蚪出来呢，我要叫它变成力气捞石头呢。”“水脏啥？不就是小虫子啊，也是好养料呢。”大家光顾着捞石头，只怕任务落在别人后面，郭四被水下石头绊倒了。这下可好，腿被刮伤，流血不止，比郭世杰还惨。他看看水潭，看看天，看看在大干苦干的民工，又毫不犹豫进了水潭。他说：“一块石头一片墙，受伤流血也应当。”

这次捞石头竞赛，看看谁的干劲大，看看谁捞的石头多，捞出来的石头还要垒成堆排出方量。尽管大家喝臭水，吃蝌蚪，碰破腿，流鲜血，还是你争我抢、拼死拼活地干。等把石头捞完、抬完了，太阳也落山了。这时候乌云滚滚，雷声轰轰，一会儿就大雨滂沱，山洪不久就下来了。收工的人们看着大雨说：“龙王爷啊龙王爷，你来迟了，冲不走我们的石头了。”

“要想工程完得快，用的石头堆起来”，这是垒砌民工的一致呼声。是啊，没有石头垒不成墙，充足的石料是工程建设的基础。今天，为了备料充足，展开了一场推石头的比赛。民工到位，连长拿起哨子“嘟——”一吹，推石头比赛开始了！

郭世杰人长得高，力气也大，又正年轻，推的每一车石头都是满满的。郭四说：“不要太多了，反而走得慢，”他说：“车车要推满，车重走不慢。”到验收地点领导给他一排，二寸！一寸 500 斤，二寸是 1000 斤呢。一听他推了 1000 多斤，更有干劲了。后来推的石头，郭世杰每车都没有少于二寸。在他的带领下，民工们尽量往车上多装石头，装得多，跑得还快，浑身像有使不完的劲儿。当时正是大热天，又是这么高的劳动强度，身上热汗直流，热得像火烤一样。每当下工后，为了纳凉，大家就到山泉里洗个澡。因为身子正热，凉凉的山泉水一洗，又凉爽又痛快，像大热天儿吃了冰糕一样，凉丝丝，甜滋滋。却不料，正是让两腿冲了凉，有人患上了湿毒症。你病你的，我干我的。推车赛持续了一个多月，郭世杰和他带队的民工就这样苦战了一个多月。任务完成了，领导表扬说："推石头的人有干劲，出了大力，还保证了安全施工。我宣布：推石头大赛圆满结束！"

推石头标兵郭世杰两腿患上了湿毒，又红又肿。但他没有怨言，反而感到很光荣。他说："战士打仗都要流血，得了湿毒也不算什么。"却不知道，以后几十年的时间，他饱受湿毒折磨，两腿红肿成疮，痒起来身上发抖。没有钱买药，就用土办法，地骨皮烧成灰研成面，用香油搅拌均匀抹在腿上。后来，每到春天青草发芽的时候，郭世杰的两腿就痛痒难耐，一直持续了几十年。

推石头结束没几天，又迎来了挑水比赛。当时的口号是："要想工程完得快，首先挑水来比赛。"所以在工地上，争水抢水是当务之急。可见当时什么任务艰巨，就进行什么比赛。"火车跑得快，全凭车头带。"因此要选两名飞毛腿来当两个队的火车头。郭世杰又一次被推选为队长。他有自己的绝招，每天早早上工，迟点下工。挑着满满两桶水就赶紧走，挑着空桶时就一溜小跑，中间不歇，一鼓作气，每天都名列前茅。

对方也不示弱，他们采取的措施是，每挑几担水后，就一担挑四桶水，一担变成两担。对方队长说:“挑两桶水就是歇一歇，攒攒劲儿，每隔三担，就挑四桶水。”每天的挑水大赛，谁胜谁负，都由营里张榜公布，结果一目了然。胜利了的，喜气洋洋；输了的，就憋着一股气，第二天一定要扳回一局！每天的挑水赛就好像部队里的急行军，大家在坑洼不平的羊肠小道上挑着水奔跑，有些民工体力差，吃不消，就埋怨郭世杰，嫌他们跑得太快，跑得谁也跟不上。郭世杰说：“我一不图名，二不图利，但咱都是林县人，修渠是给咱自己修的，出大力流大汗那是应该的。再说这是搞竞赛，只要是竞赛，总得有个输赢吧?无论输赢，挑水修渠总是为自己，这样算，输赢都是赢！”他这么一说，民工们觉得有道理，不再发牢骚，承认是自己的干劲小，表示要向标兵学习。大家挑水工作做得好,时常得到营部的表扬。工程结束的时候，郭世杰所在的连队被评为全营标兵连。

进不了家门的父子

林县修建红旗渠工程时，山西省平顺县人民也伸出了友谊之手，协助林县人民战天斗地。

1960 年红旗渠工程一开工，民工就来到了山西省平顺县崔家庄村。

27 岁的崔群生，长得高高大大，是个好后生。母亲去世早，父亲是个木匠，在石城公社木业社上工，平时也不回来。媳妇也去了侯壁电站工地，平时家里没人。红旗渠工程任村公社指挥部就设到他家的堂屋，后场小院设一处灶房。他家一共住了三十多个民工。

其实民工们没来，村里人就知道林县要修渠的事情，都感觉应该提供帮助。

崔群生把钥匙交给了任村公社一位姓桑的负责人。

老桑到他家里前前后后看了一遍，觉得，后场小院做灶房倒是很合适，就是出入的小角门有些窄小，几百号民工进出不便。崔群生当即说：“你看怎样合适就怎样办吧。”老桑说：“把旁边的一间饭棚子拆去，就与小角门打通了，你看行不行？”

“那有什么不行啊，只要是需要，你们尽管拆了就是，不要分林县和平顺，咱们现在就是一家人。”

老桑笑了，高兴地说：“真没有想到，崔家庄的人这样厚道！”边说边竖大拇指。

过了一个来月，崔群生父亲感冒了，捎信让他去伺候几天。他赶到石城木业社才知道父亲已经躺了好几天，精神也不好。请医生看过病，到医院买了草药，向木业社领导请了假，他和父亲就打算回家住一段时间，方便给父亲熬药吃药。

当他们走进自家院子，看到各种工具、物品摆放得到处都是，几乎没有插脚的地方。任村民工把里里外外全占了，他和父亲反而没有地方可住，一时犯了难。东屋的地铺上躺着一个病号，看见崔群生和父亲站在门口张望着，就坐起来问：“老乡，你们找谁？”

二人很尴尬，父亲急忙说：“我们谁也不找，就是回家来看看。”

病号一听是房东回来了，充满歉意地说：“你瞧这是什么事情，你们回来了，倒进不了自己家。快进来坐下，我去叫人过来收拾一下。”

一会儿老桑来了，还带着几个民工。他们一边说着不好意思，一边动手收拾，民工们往两边挤了挤，腾开一块地方，把崔群生和父亲安顿下来。就这样，父子俩就与林县民工住到了一起。

父亲有病，家里又没有粮食，他从木业社灶上拿回 8 斤玉茭面，给父亲煮着吃了两顿疙瘩，崔群生感觉到这不是个办法，想给父亲改善一下伙食，就去找老桑，提出拿玉茭面换白面。

老桑说："真不好意思，我们占了你们的家，倒让你们没地方住了。你们父子这样帮助我们，即使不拿玉茭面我们也可以给你几斤白面啊。只是我们粮食也很困难，白面太少了。"说归说，尽管林县民工每天的饭里面掺和着红薯片子、红薯叶子、树叶子，确实困难，但最后还是让司务长按照一比一兑换，换给崔群生一盆子白面。

两三个月后，崔群生正在侯壁电站抬石头垒渠，老桑从崔家拐捎信让他抽空回家一趟。等他下工后回到家，老桑说："这里的修渠任务完成了，我们要回去了。你看看家里少东西没有，也好把钥匙当面交给你。"

崔群生转了一圈，没有发现什么，说："咱们刚刚认识，你们就要走了，还有些舍不得呢。"

老桑说："谁说不是，我们来修了修渠，倒在崔家拐认识了许多朋友！"

领导特意安排老桑："去给房东买几盒烟，谢谢房东一家的帮助。"老桑为此迟走了一天，专门跑到石城，给崔群生买回四五盒烟。

林县民工走后，给他去过两三封信，对他们一家给予的帮助表示感谢，让他到林县办事时，一定要到家里坐坐。

村里的人见到林县民工给他来信，还向他表示祝贺："这下好了，你在林县有亲戚了！"

当时修建红旗渠时，崔群生家是这样做的，邻居们也都是这样做的。平顺人民都感到，能给林县人提供帮助，是一件非常光荣的事情。如果帮不上忙，反而感觉不自在了。

两县人民心连心，携手修成了红旗渠。横水公社有位女孩子，还做了房东的干女儿，多年来，两家一直亲密地来往着。

宏伟的夺丰渡槽

经过几年的苦干，红旗渠总干渠通水了！1965年，又是一个大旱年，可是因为有了红旗渠，水浇地的麦子穗大粒饱，长势喜人，而旱地的麦子就像长了一地茅草，不仅干瘪瘦小，还没有籽粒。村干部老李看着干旱的麦子一声声叹息，一个念头更加坚定——继续修建红旗渠配套工程，让旱地变成水田。

红旗渠水要能够灌溉河顺的大片土地，一个最大的困难是：东皇墓村东北一带是高低起伏的丘陵。要让渠水越过丘陵，需要修一个很长的渡槽，渡槽的中间还要越过一个小山丘，所以渡槽得分为上下两段，工程量很大，施工条件复杂。

他们找来专家设计方案，专家勘测后说："这几天也查看了地形，也测量了数据，我们回去研究后再告知你们。"又过了几天，答复来了，说："因为地形复杂，工程量大，石料还需要到五里外搬运，预计拉石料需要一年；我们马上安排人设计，预计需要八个月。"

大队部里，大家七嘴八舌地议论开了。这个说："光设计就要八个月？那今年连麦子都种不上了。"那个说："他咋就能肯定咱拉石头得一年呢？咱这是给自己修渠呢，咱'两眼一睁，忙到熄灯'，可不像他们上班的，只工作八小时。"马上有人接口说："就是嘛，凭啥说得一年。我看呀，设计八个月也不用。""就是！咱也几千人呢，要不咱就自己干。"

面对如此艰巨的任务，河顺公社的干部群众不仅没有气馁，反而更加坚定了修渠的决心。

小李的爹是个老石匠，这次决心带着干粮到五里外锻石头:“他娘，中午我就不回来了,趁中午这段时间能多做些活。”又问刚出学的儿子:“你呢? ”儿子说 :“我跟你一起去，我也长大了，正好学学手艺，为修渡槽出点力。”

两人就带了干粮一起出发。小李 15 岁的妹妹撵着来了，“爹，我也要去！全村都去修渡槽了，我也不能在家闲着呀！”“那，你跟你娘一起吧，也许你能帮忙拉拉车子。”

到了石窝,已经有人先来了。老李父子俩找准地方,就开始锻石头。夺丰渡槽工程要求很细致，对料石也有讲究，石头要用“寸三道”，也

夺丰渡槽修建中

就是3.3厘米锻3道纹,还要“五面净”。老李坐下来就叮叮当当锻起来。他锻的石头石面平整,有角有棱,纹路宽窄均匀,倾斜度一致。他一面锻,一面给儿子做示范，讲要领。小李学得有模有样，就像在学校上课一样认真。不多天，小李也成了一名好石匠。

河顺分指挥部组织14个大队参战，每天出动劳力3000多人，牲畜700多头，大小车辆600多辆。小李的妹妹就跟着妈妈帮运送石头的车队拉车，把锻好的石头一车车运到渡槽工地。在路上，她还碰上了好多自己的同学，都是帮大人拉车的。他们觉得，能为家乡水利建设出点力，打心眼儿里感到高兴。

架设渡槽需要搭拱架，工地缺少木料，指挥部就组织家家户户捐木料，有人连准备盖房的檩条都拿来了。问他为什么如此慷慨，他说：“只要修好渡槽，庄稼年年丰收，盖房迟一年也中。”

随着工程的进展，渡槽逐渐“长高”了，人站在地上已经无法垒砌了。这就需要一种吊装设施。大家集思广益，发明了土吊车，在高高的木桩上绑上长长的横杆，不仅能将几百斤重的石料“吊”上去，还能在渠线上左右拐弯儿，把石料稳稳地“放”在指定的位置上。那些天,石窝里锤钻叮当,路上畜拉人推车来人往,垒砌工地号子声阵阵,到处都是繁忙的景象，工效一天比一天高。

渡槽整个工程都用“寸三道”(一市寸宽锻三道纹)、“五面净”的大青石筑砌而成，既坚固又美观，称得上是一件宏伟的工艺品。

东皇墓夺丰大渡槽于1965年12月开始备料，1966年2月14日动工垒砌，当年4月5日便宣告竣工，前后只用了50天时间。远远望去，渡槽就像一条长龙，又像是一道镶有50个城门的坚固城墙，十分壮观。

渡槽落成后，召开了庆功大会，李泉珍等被评为建渠模范，胸带红花，受到表彰。河顺公社分指挥部也因建筑这一工程而威名大震，三条干渠通水典礼时，被评为特等模范营。

天桥半夜抬石灰

除了装车拉石头上陡坡，马小飞还半夜上天桥断去抬过石灰。

这天，接到营部通知，要民工马上带着筐子和抬杠到天桥断北面往工地抬石灰。大家听到这个消息，不由得吃了一惊。天桥断，白天走一趟，都有人吓得两腿筛糠，有的甚至得爬着走；这黑黢黢的夜晚，还要抬着石灰，那还不得吓掉魂吗！马小飞说："连长说了，是死命令、硬任务，没有讨价还价的余地，看来是非去不可！那咱就去吧，害怕不管任何用，我来打头，请大伙儿跟着我！""反正总得去，干脆走一遭，你要敢打头，我就跟你走！""好，走！"就这样，大家互相鼓着劲儿，就向天桥断出发了。

为了圆满完成任务，防止出现意外，连长把兵力做了部署，来了个优化组合，让胆小的和胆大的搭配一下，胆大的抬前面，胆小的抬后面。

到了天桥断，连长点好蜡烛站到木板桥正中间，像灯塔一样，指明方向也指挥队伍："不要卖野眼，都朝着灯光走。"民工们一上天桥，脚下一颤，吓得就不敢迈步了，说话的声音也被桥下哗哗的水声淹没了，水雾能喷到人身上，冰冷的水，让人不由自主地打个激灵，吓出了一身鸡皮疙瘩。马小飞见自己的搭档害怕了，便回过头来安慰道："没事，跟着我，迈开小步，看着连长的灯光走！"两个人这才一步步走了过去。

后面的人也一步步跟着连长的灯光走了过去。

其实，真正的危险还没有开始。这不过是空手过去了，随后是要抬着石灰回来的。

抬着百多斤的石灰，一脚踏上天桥就左右摇晃，两脚上去就上下颤动，抬着石灰筐就颤动得更厉害，还不容易停止。每迈一步，都感觉像踩在弹簧上，一用力就陷了下去，一抬脚桥就跟着弹了上来。就这样陷进去，弹上来，左右晃着，装满石灰的抬筐也随着人不住摆动。不走也不行，不走也晃，还会眼晕，有经验的人会借着连长的灯光紧走几步，几乎是一溜小跑到达南岸。连长此时在路中间执着蜡烛，他把右手拢在灯头上，防止蜡烛被风吹灭，一边一叠声地喊："不要往下看，都照着蜡烛走，脚狠狠踏板才稳当，眼往前看，劲儿往下使，腰杆挺硬，对！就这样，走！"

现在的网红桥和天桥比，好比是小草和巨树。

那时啥也不想，啥也不能想。就从那时，马小飞记住了：走好每一步，才能走好一段路；走好每段路，才能走好一生之路。

终于安全过了桥。连长在桥头清点了一下人数，一个不少，这才放下心来。连长说："这么多的人，抹黑过这样危险的天桥，还抬着石灰，大家都是大命人啊！"搭档问马小飞："你害怕了吗？"马小飞说："人都是一条性命，不害怕那是假的。要是跌下去，都得去喂老鳖。所以，只有靠理智去战胜恐惧啊！"

人生，每次不平凡的阅历都是一笔宝贵的财富。修渠的民工通过与困难作斗争，增长了知识，提高了战胜困难的勇气，学会了协同作战，每个人都变得愈加坚强起来。

红旗渠工地医院

修建红旗渠工程，81 名烈士献出了宝贵的生命。要修建这么大的工程，肯定会出现这样那样的牺牲，施工过程中，还免不了各种伤病等，因此，1960 年引漳入林工程动工后，林县的卫生系统为了服务工程建设，从县医院和县第二医院（林钢）抽调了十余名医务人员，组成了“引漳入林总指挥部医院”，隶属工地党委领导，院址设在任村公社盘阳村。

医院设有院长 1 名，医生 5 名，护士长 6 名。原在第二医院任院长的韩建民任院长，其是河北省人。医生有临洪卫生院主治医师李金宾，第二医院主治医师侯林、郗裕昌，合涧卫生院尚克元，人民医院内科主治医师李兰清。护士有第二医院护士刘桂珍，人民医院护士王莫荣，横水卫生院护士李改琴，另外还有 3 名男护士。

在红旗渠建设工地上，15 个分指挥部还设有 15 个医疗卫生组，人员由各公社卫生院抽调，每个医疗卫生组 7 至 15 人。

盘阳会议后，民工全部集中到山西省段，李金宾、侯林、李兰清、刘桂珍等随总指挥部迁至王家庄，住在王家庄村的社员家里。他们作为前线医院的医务人员，主要是对负伤民工进行手术、包扎处理，经过几天治疗观察，等伤势稳定以后，再转移到盘阳医院住院治疗。

由于缺少粮食，工地上的劳动人员常常吃野菜。大家都知道，野菜也不是都能吃的，有的有毒。还有其他食物中毒，都是非常危险的。红旗渠工地上就发生过几起这样的事件。

1960 年 5 月 1 日下午 4 时 15 分，东岗分指挥部因吃亚麻油炸的油条，43 名干部食物中毒，中央新闻电影制片厂正在拍摄红旗渠电影，因中午在东岗分指挥部吃饭，郝玉生、赵化、陈中义等也食物中毒。事发后，东岗分指挥部医疗卫生组的医生马上进行抢救，并及时转送总指挥部盘阳医院。5 时 15 分，医院闻讯后急忙赶往东岗公社工地。5 时 30 分，郝玉生等人住进总指挥部医院。总指挥部当即通过电话和电报，将事故情况转告林县县委和中央新闻电影制片厂。同时，总指挥部紧急调集任村、东姚、合涧、原康等分指挥部医疗卫生组的医生共 25 人，及时赶到现场实施紧急抢救。2 日，全体中毒人员终于脱离险情。

1960 年 5 月 16 日下午 2 时，小店分指挥部南屯连 189 名民工食物中毒，在总指挥部的医生赶到之前，小店分指挥部医疗卫生组的李万荣等医生和石板岩、原康、临淇等分指挥部医疗卫生组的医生，已先到达事故现场，发现中毒民工的症状是肚疼、肚胀、上吐、下泻、发烧。严重的疼得就地打滚。他们首先控制病情，针对每位患者的中毒轻重对症治疗。

总指挥部立即派医生侯林、李金宾、郗裕昌，护士牛宏甲、刘桂珍等人奔赴工地。抢救中毒民工，刻不容缓，这些医务工作者们深知肩头的担子有多重，但这是他们义不容辞的责任，必须尽全力抢救。

一路急奔，他们顾不上擦汗，一到事故现场，就迅速给中毒民工进行检查，并亲自给民工端水送药，打针急救，深入工棚逐个检查，忙碌得彻夜未眠。当中毒民工痊愈后，总指挥部医院的医生要离开时，民工们感动得流出了眼泪，却说不出一句感激的话来。

1960 年 8 月 4 日下午，任村公社南丰大队民工食物中毒，除总指挥部医院的医生外，总指挥部又紧急调河顺、城关分指挥部的所有医生赶到现场进行抢救。

工地医院的这些医生们，平日里在医院里接诊，可能没有一下子接触过这么多病人，但经过一段时间积累经验后，处置紧急事故越来越娴熟。遇到突发事件，他们总是能第一时间赶到。

1961 年 6 月 13 日下午 5 时左右，青年洞东洞口内发生一起工伤事故，28 岁的一连连长宋来伏，在打炮眼时将瞎炮打响，身体上半部受重伤，腹部被炸出一个窟窿，红旗渠工地医院医生刘林茂、侯林检查后，认为伤势十分严重，必须进行手术处理，在手术时发现，宋来伏的胃、肝、肺均已被炸破，在手术中不幸死亡。

1961 年 6 月 14 日晚，合涧公社东山底村民工，因患肠梗阻，生命垂危，经红旗渠工地医院手术后，很快恢复健康。

1961 年 6 月 22 日，合涧公社万羊坡村 43 岁的殷羊子，在山上作业时，不小心跌到近两米高的崖下，头部破了两个口子，而且脑震荡，昏迷不醒，由于总指挥部医院的及时抢救，才逐渐苏醒过来，到了晚上，就能说话吃饭了。同日，除险队的王天生，在悬崖上除险时，被撬下来的一块石头砸在左脚上，因在悬崖绝壁上，一时下不来，失血过多，陷入昏迷。小店分指挥部医疗卫生组的医生紧急到场，进行止血急救，使其恢复清醒。

…………

在红旗渠第二期工程动工之前，工地党委在确定红旗渠医护人员时，县委副书记秦太生专程赶到工地进行研究。秦太生提出要把院长李金宾调回临淇卫生院，工地指挥长王才书提出了反对意见，认为李金宾对伤员服务态度好，有责任心，工地领导对医院放心，但秦太生说："临淇卫生院担负着林县南半部的治疗任务，还有辉县和汲县北部的病人，都到临淇卫生院请李金宾看病，他若留在总指挥部医院，对这一带的群众就造成了很大损失。"最后，确定由人民医院的外科主治医师刘树贤接替李金宾任院长。

王莫荣是总指挥部盘阳医院的护士组长，对待病人就像亲人一样，不但态度和蔼，而且常和病人谈心，消除病人的一切思想顾虑。由于医院是初建，各方面条件都不具备，再加上医务人员少，她常常是昼夜不眠，给病人喂饭，并且每天用冰冷的水给病人洗最脏的衣服七八次。在红旗渠工地医院，如果有难以诊治的重伤员，就会从全县各公社抽调有专业技术的医生前往协助治疗。

总指挥部盘阳医院为了把医务人员培养成又红又专、能上能下的好干部，并且为红旗渠建设奉献应有的力量，除积极搞好本职工作外，还组织院内人员分批分期进到青年洞工地进行劳动，与民工保持“五同”。在韩建民院长的亲自带领下，有尚克元、王莫荣、李改琴四人，于 1960 年 8 月 4 日携带行李，与民工“同”住一个山洞，“同”吃一锅饭，“同”在一个工地劳动，“同”在煤油灯下学习毛主席著作，共“同”研究施工方案。他们不仅学会了抡锤、打钎、搬石头等基本操作规程，而且进一步从思想上体会到劳动最光荣，这也极大地鼓舞了民工的积极性，不少民工歌颂说：

院长医生进了洞，工地又添生力军。

互相学习搞竞赛，凿洞定能早完工。

合涧分指挥部卫生医疗组的王堂吉，原在合涧公社柳河水大队卫生所工作，1960 年 2 月 11 日，引漳入林工程动工后，就被抽调到合涧分指挥部医疗卫生组当医生，在杨耳庄至卢家拐村的 5000 米渠线上，主要负责民工的工伤和疾病治疗工作。作为红旗渠工地上的一名医生，白天同民工一起在工地参加劳动，并且随身携带卫生保健箱。有一次，一位民工在打钎时被打锤的伙伴砸了个黑紫疙瘩，一会儿里面就充满了血，憋得这位民工疼痛难忍。于是，王堂吉就给他进行穿刺，可血水不往外流，因这位民工怕疼，不让王堂吉给他挤。此时，王堂吉只好用嘴给他往外吸，感动得这位民工直咂嘴却说不出话来。特别是遇到重伤人员时，王堂吉就为他端水喂饭。因此，王堂吉被民工们称为“红旗渠工地的白求恩”。

姚村分指挥部医疗卫生组的宋继珍，原是姚村卫生院的医生，到红旗渠工地后，日夜不离民工，得到了民工们的一致好评。他每天早出晚归，在工地跑来跑去忙个不休，一心一意为民工服务。有人受伤时，他立即忘掉自己的一切，先给病人打针换药，辛勤照料，如同亲人。1961 年，红旗渠第三期工程动工后，总指挥部医院迁至回山角，当时的医生有侯林、纪富昌、申换居，护士有方先芹、张兴昌、石才聚、常保花、李录英，主要任务是救治伤员和治疗疾病。有一次，东岗公社曙光洞工地发生事故，因打炮时打在瞎炮上，造成 6 人受伤，重伤 3 人，需要做手术，医院就同时组织 3 台手术。纪富昌和张兴昌负责给一位民工截肢，侯林和从河顺分指挥部医疗组抽调来的一位医生负责给一位民工做眼部手术，另外申换居与一位医生负责第三台手术。

1967 年 6 月 17 日，红旗渠总指挥部迁至桑园村，引漳入林总指挥部医院随迁，并改名“红旗渠总指挥部医院”，有医务人员 10 多人。1968 年，红旗渠总指挥部医院撤销，留下 7 名医务人员组成了“红旗渠管理处医院”，地址设在分水岭，侯林任院长，负责红旗渠维修、加固民工和护渠人员的治疗任务。

红旗渠工地医院，虽然是临时组建的医院，在工程建设期间，为保障 10 万大军的身体健康，做出了很大的贡献。

工地上的奶妈

1960 年 2 月 11 日是农历正月十五元宵节，林县县委一声号令，红旗渠工程动工了。全县推选出的民工们带着行李、铺盖、工具、炊具等物品，或徒步，或推着小推车，或赶着毛驴车，长长的队伍向位于山西省平顺县的漳河一路奔去。

这一年，范土芹 23 岁，一年前刚结婚，去年生育了一个男孩，刚满八个月。听县里动员人马赴山西修渠，引漳河水入林县，改变家乡缺水面貌，她高兴得不得了，当即安置妥当家里，和姚村营西丰连的八名妇女把铺盖卷往汽马车上一扔，上了工地。

婆婆抱着小孙子来向出征的队伍送行时，范土芹真舍不得离开自己的孩子，鼻子一酸，泪水流了下来。

汽马车在嗖嗖的寒风中走了三十多里路，来到任村河口的漳河边，被汹涌的河水挡住了去路。再往前走，就是山西地界，这里是蜿蜒曲折的小土路，走不过马车，大家只好把三匹骡子卸下来，驮上行李继续前行。

傍晚时分，来到山西省平顺县白杨坡村，这里就是她们的住地。村子对面南山上是他们的施工渠段。来修渠的人很多，一个几百人的小村庄一下子拥进千余人，到哪里去住呢？她们被安排到一户人家的旧驴圈里。大家又饥又渴，走了长路很疲累，往铺盖卷上一坐，都蔫了。先前一天到此安营扎赛的炊事员递给每人一个玉茭面馍，算是“见面礼”。

住地很潮湿，连铺草也没有，她们就用一些破席片垫铺盖卷，大家背靠背，有的坐着，有的囫囵衣斜躺着，凑合了一宿。第二天，妇女们到山上去割来了干茅草，回来垫了垫，算是有了窝。

下午，姚村分指挥部开会做战前动员。分指挥长郭百锁说："我们出了门不比在家，在家千日好，出门时时难，在困难面前大家要经得起考验，不动摇，不妥协，不丧气，不流泪，发扬自力更生、艰苦创业精神，在引漳入林工地上大显身手。我们来了后，山西白杨坡的群众给了大力支持，帮着找房子、盘灶火，林平两县是近邻，人民协手结友情。修渠民工必须与当地群众协调好关系，这是林县引漳入林夺取胜利的保证。要大干、快干，苦干一百天，保证'五一'节顺利通水，带水回家，全村老少爷们会在家乡张灯结彩，等着为我们庆功祝贺。"

这样一开动员会，大家群情振奋，参战民工都怀着一种革命激情很快投身到工地上。每天早上天不明就上工，晚上擦黑才收工，妇女和男人一样打钎放炮，干重体力活。

范土芹的房东大娘叫喜先，四十来岁，总共四口人：丈夫、一个闺女，还有刚抱养的一个才出生半个月的小男孩。小男孩叫毛毛，娘得病去世了才抱来的。但喜先没奶喂他，天天嗷嗷哭，怪可怜的。范土芹见了，不自觉地就抱过来毛毛，亲了亲他。见他面黄肌瘦，胳膊腿细如干柴。他的小手胡乱抓住范土芹的衣服直往怀里钻。作为一个母亲，范土芹下意识知道小孩非常饥饿，想找奶吃，她本能地解开怀，将奶头塞进了孩子嘴里，小孩不哭了，急切地吮吸起来。因为范土芹的孩子才八个月，来修渠前也还吃奶，范土芹还有奶，房东大娘说："毛毛可是遇上救星了，我正为孩子吃不上奶发愁呢！求求你，你就给他当个奶妈吧！"范土芹心地善良，也没有推辞。就这样，范土芹白天上山去修渠，中午和晚上下工后就先给毛毛喂奶，当起了孩子的奶妈。

范土芹给毛毛喂奶时，看着小孩子的脸庞，就忍不住想起自己的孩子。范土芹很想念她的孩子，愈想念就愈加珍惜当前这个当“母亲”的机会。

毛毛的养母在一旁笑着说：“看你和孩子多亲，你就做毛毛的干娘吧。只是你们在渠上干活很累，这年景也吃不饱，每天下工后看你们累成这样，我又不忍心拖累你们。”范土芹说：“大娘，我们来了后给你们添了很多麻烦，你们却不嫌。生男养女是咱女人的天性和义务，孩子他娘死了，总得让他活下来，这是我们的下一代，我正好能帮上这个忙。”大娘说：“等毛毛大了可要好好报你的这个恩呢！”

在那个困难年代，房东大娘见范土芹分饭吃不饱，她家虽也不富裕，可还是尽能力把家里晒的柿块、柿皮弄出来让范土芹填肚子。有时也会熬些稀粥或面糊糊让范土芹补充水分和营养，增加奶水。

一次，孩子着凉感冒，高烧不退，晚上老是哭闹，大娘没法子，就把自己干瘪了的奶头塞到孙子嘴里哄孩子，可孩子吸不出奶水来，继续哭闹起来。半夜里范土芹听小孩一直哭，心里很着急，便披衣起床，把小孩抱过来喂奶，和自己躺到一个被窝里。孩子吃着奶慢慢睡着了。第三天小孩烧退了，病慢慢好起来。

在一起时间长了，毛毛特别喜爱范土芹。范土芹一下工回到家里毛毛就向她扑来，好像范土芹真是他亲娘。房东大娘高兴地给街坊邻居夸奖说：“林县人真能干，不但工地出现了李改云那样舍己救人的英雄，吴祖太、李茂德下洞子（指王家庄隧洞）检查安全也献出了生命，俺家住的土芹心地真好，白天去上工，晚上还要给俺奶孩子，其他几个妇女也经常帮孩子换尿布，林县来修渠的人助人为乐的精神真叫人感动！”

工地分指挥部听说了范土芹的事，在会上也表扬了她，说她给林平两县友谊增了光添了彩，要求西丰连连长多给范土芹提供方便，让她早点下工回来给小孩喂奶。为增加奶水，伙房每天还让她多喝两碗稀饭。

四个月过去了，男孩由原来的黄皮寡瘦，变成了“小奶光崽”，连队因接受新的任务要移村换房。临走时，范土芹又一次让毛毛吃了奶，毛毛用小手抓住她的衣襟，不愿丢开。范土芹的心里难受，好像又一次要离开自己的亲生骨肉。一步三回头，只觉得心里堵得慌，两行眼泪顺脸流下来。房东大娘抱着孩子一直送到村口，范土芹回头看时，只见她也在不停地擦眼泪。

红旗渠总干渠经过五年修建，数万林县人吃苦受累，流血流汗，于 1965 年 4 月 5 日通水了，漳河水终于流到了家门口。通水那天，范土芹和村上一同修渠的妇女也赶到了分水岭去庆祝通水典礼。看到她也为之做过贡献的大渠里哗哗流水，她心里觉得特别的自豪和幸福，同大家一起欢呼着、蹦跳着。

在后来的日子里，范土芹老是想起在渠上奶过的毛毛，经常和丈夫说起这段往事，也老想再到山西白杨坡去走走，看看毛毛长成什么样了，但由于相隔较远，最终没有去成。

和范土芹一样，很多林县人因为修红旗渠而和平顺人民结成亲戚，他们常常互相联系、走动，一直在延续着当年结下的深情厚谊。

第四章　英雄群雕映山河

周总理关心红旗渠

红旗渠全面竣工后，10 年间，接待了外国朋友 1 万多人，覆盖五大洲 19 个国家和地区，其中不乏总统、总理、首相、议长、主席、联合国官员等显赫政要，还有一大批国际上著名的科学家、学者、作家、社会活动家等，这条地球的蓝飘带之所以能够引起世人的注目，是和一位伟人分不开的。

这位伟人就是周恩来总理。

周总理一直都在关注着、关心着太行山东麓这场人与自然的拼搏。

1965 年国庆节期间，他到北京农展馆观看《林县人民重新安排林县河山》的展览，对修建红旗渠连连称好。

他特意问农展馆负责同志："林县没有模型吗？"当得知林县并没有沙盘模型时，随即指示说："林县要有模型，要加强宣传。"

参观中，他还问讲解员："你到过林县没有？"当讲解员回答说没有到过，周总理嘱咐说："要亲自到林县看看，看了才能讲好。"

1966年初，在一次全国抗旱会议上，周总理指示：搞农田水利建设，要认真推广先进经验。林县红旗渠的经验很好，一个那样严重干旱的县，水的问题解决得很好，这个经验现在还没有被大家所认识，也还没有推广开。他称赞红旗渠是“人工天河”，是“中国农民的骄傲”。

周总理在一次关于外事工作谈话中说：“第三世界国家的朋友来访，要让他们多看看红旗渠是如何发扬自力更生、艰苦奋斗精神的。”直到20世纪70年代初，病魔缠身的周总理还在惦念着红旗渠。

1973年12月，他在人民大会堂主持召开会议，见到杨贵当即就问：“杨贵同志，你红旗渠引的是浊漳水还是清漳水？”杨贵不知怎么回事，赶紧如实回答：“是浊漳水。”周总理舒了一口气，说：“那红旗渠水源就有保证了，浊漳水水源充足。”

林县的父老乡亲至今还都能清清楚楚背诵出周总理对外国友人说出的那一句话：“新中国有两个奇迹，一个是南京长江大桥，一个是林县红旗渠。”正是在周总理的亲切关怀下，红旗渠和红旗渠精神登上了世界大舞台，成为万众瞩目的人间奇迹。

这种奇迹，每一个看到的人都大吃一惊。

1993年6月的第一个清晨，对于林县来说，是一个彩色的清晨。首届“亚洲伞翼滑公开赛”在这里降重举行，世界向林县飞来了。不知是精心构思还是天然巧合，滑翔赛在儿童节举行，古老的太行蓦然间变得年轻英俊。林县，成了一部众人争读的童话。

当来自日本、韩国、瑞士、新西兰、中国台北和中国香港等的滑翔运动员登上林虑山顶峰，次第张开红色的、蓝色的、橙色的、紫色的等五颜六色的伞翼，把中国的这一片天空粉饰得流金溢彩、美不胜收的时候，他们从不同的高度将目光投向太行山的东麓，像美国的宇航员从月球上看到了中国的长城那样，以不同的语言发出几乎同样的惊呼：

“人间的天河！”

“地球的蓝色的飘带！”

这些不同颜色里射出的目光，均聚集在那条悬挂在太行山悬崖峭壁上的奔流不息的人民力量的象征——红旗渠上，但他们不是第一个发出这样惊叹的海外来客。

数年前，几内亚总理贝阿沃吉参观红旗渠后说：“红旗渠给我们留下了深刻的印象，它的确是了不起的工程，请转达我们对林县人民的深切敬意。”

联合国工委主席迪曼说：“参观了红旗渠，有必要更改历史的说法，世界上有七大奇迹不对，红旗渠应列为第八。它不仅是技术上的成功和突破，而且是政治上意志上的胜利。”

南斯拉夫通讯社主编奥利奇说：“红旗渠是人类智慧的纪念品。”

西班牙工程学会主席费尔南参观红旗渠时，连声称赞：“红旗渠是珍宝，是历史上最稀有的工程。”

土耳其革命工党主席贝林切克深有感触地说：“林县人民修红旗渠的锤声响遍了全世界，红旗渠将永远是世界上的一面红旗。”

刚果劳动党中央委员德卡穆赞扬红旗渠是中国人民艰苦奋斗、自力更生精神的具体体现，是第三世界人民，特别是刚果人民学习的榜样；美籍华人学者赵浩生参观红旗渠后在讲演中说：“中国有一条万里长城，红旗渠是条水的长城。参观红旗渠，我实在忍不住自己的热泪滚滚。新中国用这种自力更生、艰苦奋斗的精神来改造林县，一定也能改造全中国。”

周总理为宣传红旗渠，用心良苦。他这种一心想着人民，一心想着中国能快速成长的精神，值得我们一代代中华儿女学习和敬仰！

杨贵带头捐席子

在红旗渠工地上，流传着很多当官的和普通老百姓同甘共苦的故事。其中，林县县委书记杨贵带头捐席子的故事，就广为流传。

话说有一天，杨贵开会回来，立刻又到红旗渠工地走访了解工程进展情况。边走边看，很多民工们住在阴冷潮湿的帐篷里，有的住在野地里，有的用秸秆搭个窝棚，有的干脆露天住着。看到这里，杨贵觉得有些心酸，不知不觉就掀起被褥查看，看到大家铺的都是茅草，他扭回头问后勤部门人员：“为什么不铺席子？”后勤人员回答：“去领了，但没有领到。”杨贵马上给供销社的同志打电话，对方说：“杨书记，由于物资很紧张，实在是没有了，连我们主任的席子都送到渠上了。”

杨贵听罢，再次看看四周，了解情况，民工们在工地上热火朝天地干活儿，但工地临时移动频繁，条件有限，环境艰苦，经常风吹雨淋，加上蚊虫蛇蝎的叮咬，很多人都生了病。心想，渠没修成，人病了，这还得了？

他当即对身边的人深情地说：“既要吃烂肉，还要省柴火，如果吃烂肉就大量浪费柴火，那就不用共产党了，那样的事谁都能干！”

带着这些问题，回到县委机关后，杨贵当即就把自己床上的席子抽了出来，送到了办公室，他一再要求：通知县直机关和厂矿企业的干部职工，通报前线需求的急迫情况，希望大家奉献爱心，支持前线建设。

林县广播站很快就播出了一则通知：

“林县广播站广播一条紧急通知：由于‘引漳入林’工程前移，很多民工住在野地里，不能遮风挡雨，县委号召，县直各单位和厂矿企业的干部职工，县城各村、各家庭，献出爱心，向修渠前线捐献席子，为前线的民工同志们遮风挡雨。”连播三遍。

听到这样的广播，又在杨贵书记的带领下，县直机关和厂矿企业的干部职工纷纷从自己的床上抽下席子，送往县政府。在县政府旁边的小广场上，短短两天时间，就堆起一座“小山”，经过清点有 5000 多张。这些席子送到红旗渠的建设工地上，很快搭成了许多席棚，解决了不少人的露天住宿问题。

在修建红旗渠的过程中，这样的援助数不胜数。当时的口号是：渠上是前方，机关、厂矿、农村是后方，后方各行各业都要支援前方。

各公社、大队的机动车辆很少，往前方运料运菜、送工具等，都是人挑、车推、驴驮，不分昼夜，路上人来人往，络绎不绝。

各机关、厂矿、企业根据自己的职能，也各自派出人员到第一线去设点，提供后勤保障：粮食系统派出人员，成立临时粮管所，供应粮食；商业系统派出人员，设立小商店，供应日用百货；工业系统派出铁匠，负责修理工具，缝纫机组缝补衣裳，把成车、成担的自行车旧外胎、旧鞋底送往工地，做鞋掌用；卫生系统派出医务人员治疗伤员，挎着保健箱到工地和周围农村开展流动服务，总指挥部和各分指挥部都设有卫生室；交通系统派出车辆，负责运送粮食、水泥、煤炭、炸药、钢钎、工具等；邮电系统扯线安装电话，保证总指挥部和各分指挥部工地通信正常，并且随着指挥部迁移，随时撤装，保障电话畅通；文化系统派出剧团、电影队到工地和沿线村庄巡回演出，活跃工地和当地群众的文娱生活；新华书店送书到工地，以加强政治思想工作，鼓舞斗志；理发人员、钉鞋的也到工地，进行现场服务……

县委还根据专家们的研究成果，自制了“营养粉”，送到渠上，发给干部、民工，以防止浮肿病的发生；并且由李贵县长负责，成立一个后勤服务指挥部，组织一个由各行各业的业务精英组成的后勤服务组织，奔赴全国各地采购红旗渠建设所需要的炸药、钢材、拖拉机、布匹、麻绳等物资。

全县各大队，除了修建红旗渠自带口粮、自带工具外，还根据各村自己的特点，拿出本村的木材、木杠、木把、铁、铁撬等，倾其所有，支援一线。

在当时物质条件十分困难的年代，后方总是千方百计想办法支援前方工地建设，这种无私奉献的精神，一直激励着红旗渠的后代和全国人民。

光着脚走路的李县长

红旗渠开工时的1960年，县长李贵46岁，他要求到第一线去。县委书记杨贵说：“当前经济十分困难，物资相当紧缺，后勤要是供应不上，就会拖工程的后腿，你管后勤吧。后勤和前线一样重要，所以需要一个办事稳妥、指挥有力的人担任，这个任务，我看非你莫属！”

那时正值国家困难时期，全国人民都在“勒紧裤腰带过日子”，林县自然也不例外。

“兵马未动，粮草先行。”渠上每天有几万人要吃饭，粮食、蔬菜的供应就是个大问题。既要筹备好，还要运输到位。

那时候渠上民工都要自带口粮，然后国家再给予一定的补助。民工口粮只有 8 两粮食。蔬菜很少，冬春季甚至只有少量的干菜。实在不够吃，民工们为了填饱肚子，就捋下来榆树叶、柳树叶、槐树叶等当菜吃，这其实是黄鼠狼吃鸡毛——胡瞎肚儿哩。

1960 年 5 月的一天，李贵县长召开了一个重要会议，是关于三夏收麦工作的。他主持，十点多会议结束，又抓紧时间开另一个会，研究向红旗渠工地捐献干菜问题，直到十二点半会议才结束。

一吃过午饭，李贵县长立刻带人骑自行车到城关公社付水洼大队，给大、小队干部又开了一个会。他说："修建红旗渠，粮食不够吃，野菜、树叶是家常便饭，现在野菜、树叶都没有了。修渠人为了给我们大伙儿修渠，生活十分困难。我今天来，想请各队食堂捐一部分干白菜叶、干萝卜条、沤缸菜等，补助工地民工生活，渡过难关。"

李贵县长讲得恳切，干部群众听得感动。大、小队干部一致表示："放心吧！我们一定克服一切困难，家家户户多凑干菜，大力支持我们

县委书记杨贵（左四）、县长李贵（左五）在工地开会，研究部署工作

的红旗渠建设。”

一会儿的功夫，就捐出了700多斤。群众用小推车送到县供销社储运站，把别的公社、大队捐献的干菜集中起来，用汽车送往红旗渠工地。这个举措，才让部分民工的稀饭里有了一筷子菜叶儿。

李贵县长一边向群众募捐，一边积极向外寻求帮助。李贵县长有很多革命战友，现在都在外地成了当地的领导干部。比如福建省东山县县委书记谷文昌，湖南省委书记万达等。李贵县长就利用这些关系，挨个儿写求援信，并派出采购员拿着信上门求人家帮忙。

采购员到这些地区都是拿两封信，一封是县委的介绍信，一封是李贵写给这些战友的信。据当年指挥部一位同志回忆，他一天就开出了几百张介绍信，因为不停地写，手累得酸疼酸疼的。

在福建，采购员找到了南下干部谷文昌等，他们看到李贵的信都很动情。他们说，我们在这里给当地老百姓改善生活环境，建设家乡，李贵县长在家带领乡亲们修渠，改变家乡穷困面貌，可民工生活条件居然这么艰苦，这个忙我们无论如何都得帮，想尽一切办法支援家乡的红旗渠建设！那时粮食由国家统一调配，没有指标不允许买卖。下边有同志想出一个办法，就是把碎大米掺进稻糠里，当饲料运回家乡，每袋稻糠里都能筛出几斤碎大米。可别小看这些碎大米，在食物短缺的20世纪60年代，这可是货真价实的粮食呢！

在周口，李贵县长派出的采购员发现了一个秘密：红薯干很便宜！当地群众缺煤，就拿它当柴烧。

他们马上拿李贵县长的介绍信找上门去，给人家说：“我们林县白酒厂每年需要大量的红薯干做原料，所以对红薯干的需求量很大，请问你们能不能充足供应？当地人一听，嘿，“柴火”原来能换钱，马上同意卖红薯干，并答应有多少给多少。在给当地供销社商定好价格后，立刻就地收购，再派车往回拉。单红薯干这一项，那两年每年都要从周口地区购进 10 ~ 20 万斤，其实一斤也没有用于造酒。说造酒只是个幌子，全部补助了修渠民工。

万达曾任林县第一任县委书记，当时任湖南省委常委、书记处书记。他接到信后，为林县解决了一些木料和食物。

但林县人民吃粗糠吞野菜，偶尔吃点碎大米、红薯干，却“比那吃肉喝酒的，气势还要壮”。

红旗渠工地上什么都缺。食物缺，吃不饱；钢钎缺，就发扬老抠精神，一根钢钎恨不得当三根用；鞋也缺，工地上走路多，还全是石头，所以鞋破得很快，一星期能穿坏一双。于是，采购员买回了成车成车的自行车旧外胎，运到工地上，都用来钉鞋底儿。尽管这样，还经常有人穿开了花的鞋。《河南日报》的摄影记者来了，每天跑上跑下找角度拍照片。一天，一位领导看他走路不对劲儿，趁他坐下了，搬起脚一看，鞋底有核桃大的一个洞，脚都磨破了。领导说他不爱惜自己，伤了脚怎么拍照，怎么记录下林县修渠画面？他说，民工们的鞋还不如我的，我有什么可说的。他说得对，民工们的鞋，钉鞋图耐磨，怎么结实怎么来，每天上山下河搬运物料，鞋子不结实真不行。

这天，县里召开一场捐献大会，李贵县长动员大家向红旗渠工地捐献物资，最后，特地提到了红旗渠工地民工没鞋穿，鼓励在家的妇女多做鞋、做好鞋送往工地。说到激动处，当场把自己当天刚刚上脚的新布鞋脱下来说：“我今天就把这双新布鞋捐出去！”

“呀！那怎么行？”

“原来县长今天穿新鞋是‘别有用心’啊。”

散会后，他就光着脚走出了会场。一个干部赶紧给他找来一双旧鞋，也不合脚，他当成拖鞋趿拉着回去了。

指挥长下河救人

王才书是林县合涧公社河南园大队人，他1944年加入中国共产党，1948年参加革命工作，1956年5月任县委委员，1959年8月任县委农村工作部部长，1963年12月任林县副县长。

在红旗渠工程动工前，为征得中共山西省委、晋东南地委和平顺县委及沿渠线所经村庄的同意和支持，1959年冬，王才书受县委委托，多次奔波于山西省会太原、晋东南地区、平顺县之间，和有关领导进行协商，得到有关方面的支持。

1960年2月，红旗渠开工后，他先后任总指挥部副指挥、指挥长和工地党委书记等职务，为了和山西省平顺县沿渠干部群众搞好关系，确保工程顺利进展，他经常深入当地公社、大队座谈，帮助解决具体问题，逢年过节还挨门串户到房东家慰问，动员民工帮助群众修理房子，让医生给群众治病，深受当地群众称赞。

4月的一天，乍暖还寒，大家不干活时还穿着棉衣。王才书正在指挥部看图纸，突然听到有人喊："救人啊！有人跌到河里了！"看到确实有人在河里挣扎着，可能是要过河从便桥上跌入了河中，他急忙就往河边跑，边跑边脱衣服，准备跳入河里去救人。

这时，很多人听到后，都往河边跑，看到总指挥在前面边跑边脱衣服，有人喊道："水太冷，不能下水！"

说时迟，那时快，王总指挥连头都没有回，"扑通"一声就跳进了河里。随后又有两个人跳下了水，和老王一起，游着泳把那个人拖到

工地指挥长王才书（前排右四）和分指挥长合影

了河边，大家七手八脚地把人抬起来头朝下排了排肚中的积水，总算把人救了过来。

王总指挥穿上衣服就回到了自己的办公室。说是办公室，其实就是几块薄布围成的一个大帐篷，里面住了十几个人，都是指挥部的同志。帐篷难挡风雨，还不避寒。回来后，他就急忙把被子裹在了身上，暂时暖和一下身子。

中午吃饭时，任羊成除险回来了，看到王总指挥裹着被子蜷缩在铺上，就问："老王，感冒了？"

老王冻得嘴唇发紫，还说不出话来。

旁边的人回答说："老王下河去救人，冻得够呛。"

任羊成说："这样冷的天，还下河救人，真是不要命了！"

老王挣扎着说："没事，我是河边成大的。就是水太冷，冻坏了。"

为指挥三万民工顺利施工，老王日夜操劳，不脱衣睡觉已成为常事。在经济最困难时期，王才书动员民工上山捋树叶、挖野菜，下漳河捞河草做“饭”充饥。在“百日休整”中，他与大家一起啃糠团、喝菜汤，钻在青年洞中施工。由于工程艰巨，加上食不果腹，住地潮湿，关节炎、坐骨神经痛相继向他袭来。即使腿脚浮肿，他还坚持在工地现场指挥。

在红旗渠三条干渠竣工通水典礼上，他被评为“红旗渠建设甲等模范”。

马副县长吃“小灶”

这天晚上，会议结束的时候，副县长马有金把炊事员小张叫到会场，要针对“吃小灶”这事儿展开整顿。

炊事员很吃惊，吃小灶？我没有给任何人吃过小灶啊？他一边往会场走，一边在脑海里翻腾着一桩桩与“小灶”有关的事。病号吃过小灶，这是允许的。其他的，吃饭都用木板刮平了，为的就是公平，怎么还有小灶呢？想不通，实在想不通。想到这儿，他觉得身正不怕影子歪，于是放心地往会场走——肯定是马副县长弄错了。

可是马副县长不但指出了几号做了小灶，还说了做的什么饭。开始小张还辩驳几句，后来低下了头，他心服口服地说：“以后再也不敢了。”

看着炊事员低头承认了，人们也来了气：“胆子也太大了吧！民工野菜都没得吃，吃的是树叶，还有河里的水草，他居然给人吃面条？！”几个民工“呼”地站起来，用指头狠狠指着炊事员，被旁边的人拉住：“正开会呢，听领导怎么处理。”这几个民工坐下来，又拿眼狠狠地瞅了小张几眼。

吃小灶，群众是不可能没有意见的，毕竟，每天都是重体力劳动，活儿尽做，粮食却不能充足吃。需要两斤粮食的民工每天只有八两粗粮，余下的全靠吃树叶，配着灰灰菜（藜）。杨树叶、榆树叶、椿树叶、桑叶、米谷菜（苋菜）、柳树叶、马齿苋、洋桃叶、鬼圪针苗，只要没有大毒，能下咽的通通是民工的碗中餐，就这，才能吃个半饱。柳树叶、椿树叶用水泡七天才能吃，吃了打嗝放屁，肚胀难受；桑叶吃了恶心、呕吐；还有的涩得难以下咽，可为了填饱肚子，只能是闭着眼睛、直着脖子硬往下咽。

吃不饱，全国都困难，没有人搞特权，没人吃小灶，民工们肚子虽然吃不饱，但心里没有气——干部群众都吃一样的饭菜，有难同当，谁还能说啥呢?

连队还专门叮嘱炊事员：打饭的时候用木板刮一下碗，为的是后面打饭的也有树叶吃。这么艰苦的日子，谁那么有本事，能吃上小灶呢?

还有这刚上任的总指挥长、副县长马有金，刚来就查出吃小灶的问题，能力果然不一般！他从 1958 年开始一直战斗在水利的第一线，说话嗓门大，走路一阵风，在渠上奔波全靠“11 号”汽车（两条腿），因为个子高，脸面黑，人送外号“黑老马”。今年才 40 来岁，看上去年龄要大得多。他刚从南谷洞水库工地调过来，接任红旗渠工地总指挥长。

马县长继续说：“我昨天吃了小灶，我向大家认错……”

刚刚气愤的人们一下子“嗡嗡”开了，这是怎么回事？自己逮自己?

这事还得从马副县长第一天到工地说起。

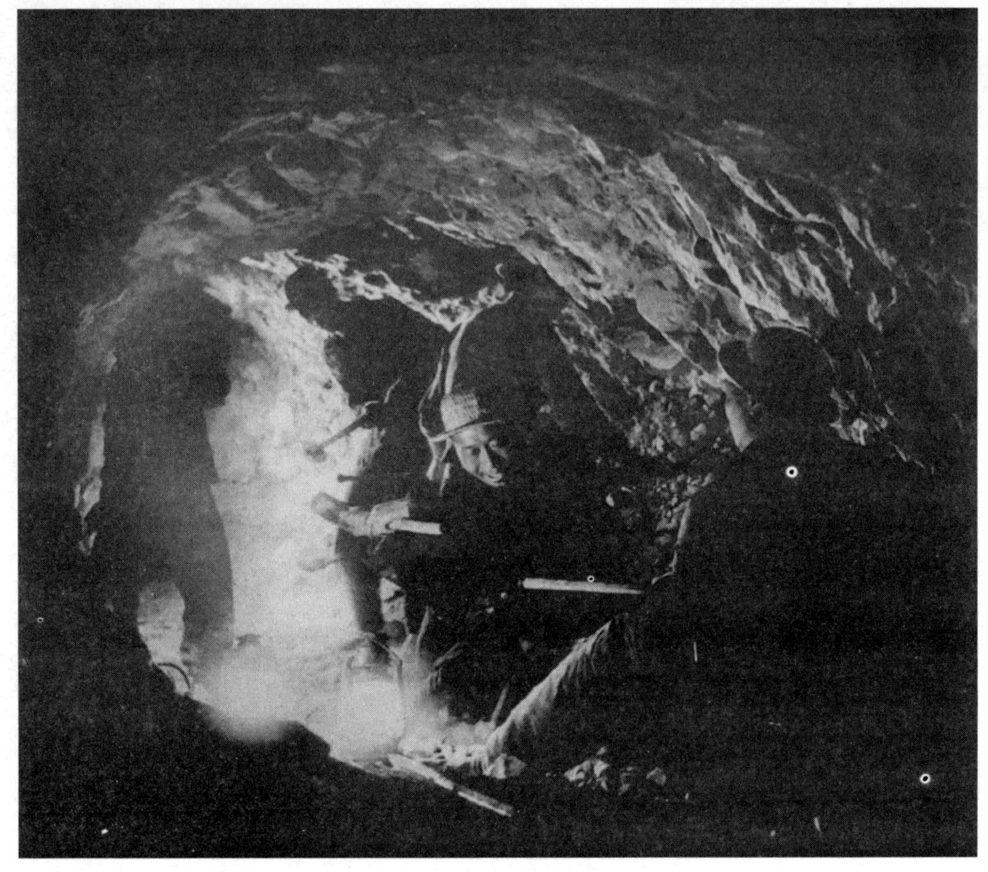

马有金（右二）在抡锤凿洞

他上任的第一天，早早地就来到指挥部，然后把所有的施工图纸拿到指挥部办公室，他要马上开始熟悉掌握现在所有的施工情况。

中午的时候，伙房送饭来了，青菜卤，黑（红薯面）白二色混合面条，他向来吃饭快，三下五除二，边吃边看，一碗饭下肚，把碗一推继续看施工图纸，还不忘吩咐送饭人："到我抽屉里拿粮票给伙房。"

晚饭也是伙房送来的，黑白混合馍，一碗小米稀饭，一盘白菜。他还是边吃边看，吃完又继续看图纸，一直看到晚上 12 点才上床睡觉。

第二天一大早他到伙房吃饭，看到指挥部同志打着饭走了，可炊事员说稍等，还没好。

“不是已经开饭了吗？”马副县长问。

“好了好了，马上盛。”炊事员说。然后给马副县长拿了黑白混合馍，又从小锅里盛出一碗小米稀饭。

他一看，不一样啊，别人吃的是玉米面馍，喝的是野菜汤！

就为这事，他发了火，批评炊事员。“吃小灶”这件事提醒他：是不是经常有干部搞特权、吃小灶？为了教育大家，才有了这次“吃小灶”整顿会。

“那么，干部能不能搞特权？干部应不应该搞特权？”马副县长问。

大家动脑筋认真想了想，小声议论……

接着，马副县长说：“我们的‘权’要建立在为人民服务的基础之上，我们的‘利’就是修渠，修好渠。渠水什么时候流到咱们林县大地，我们什么时候才能得到‘利’。”并举例子做了说明，赢得了大家的一片掌声。

后来，马副县长经常到各工段指导工作、参加劳动，吃饭就在分指挥部，也曾多次发生过“小灶”的情况，都被他严词拒绝了。他严格要求自己，亲自带头实施，带头劳动，“民不服吾能，而服吾公”。从此，他不怒自威，大家对他又尊重又服气。

但，真的能全部杜绝“小灶”吗？从此以后真的再也没有吗？

不，他还是有“小灶”！除险英雄任羊成就是证人。

1964 年 12 月，红旗渠总干渠工程经过四年零十个月的艰苦奋战，终于胜利竣工通水。这一年 5 月，红旗渠总指挥部由任村移到姚村，为修建三条干渠作前期准备工作。马副县长也不例外，在忙着收拾自己的东西。随身带着的小本本可不能丢，虽然破了，但这是心肝宝贝：哪段工地有问题，哪段工地有个民工才 16 岁，前几天得了急性肠炎，记得顺路了去看看；铅笔头得拿上，别看小，不怕冻、不冒水，随时能写画，记下了好多重要事情。他在忙着收拾，一直有人请示工作，忙得不亦乐乎。

在这个节骨眼上，任羊成却来了，不谈工作，只是说要帮他收拾东西。马副县长说："不用。"让他走，可他就是不走。

任羊成因为工作常来这儿，彼此都比较熟悉，所以厚脸皮，也不怕马副县长轰。其实今儿来，是有任务的，他知道马副县长有"好吃的"！他的任务就是来为肚子服务一回，让肚子解解馋。"吃一口就行，又不多吃！"他在心里这样说。所以来帮马副县长收拾东西是个幌子，找吃的才是真的。哪怕马副县长撵他，他也不走。可是他左看看右看看却找不到东西在哪儿，桌子里头，椅子下面，床上的铺盖都被他打扫过了，也没有发现，能藏哪儿呢？反正不可能留下，一定会带走！任羊成眼睛不住地寻找，脑子也不住地高速运转，这位除险英雄用他鹰隼一样极具穿透力的目光一遍一遍地搜寻，最后，他盯住了刚从墙上摘下来的那个挎包，肯定转移到这里了，他想。

可马副县长已经收拾完毕，起身走了。发现目标就要紧跟目标。上车的时候，任羊成紧紧跟着马副县长，准确地说是紧紧跟着马副县长的挎包，还"好心好意"地想要帮他拿挎包，他还不用！这更让任羊成觉得，这个挎包有问题！不然为什么不让碰？

越想碰，越碰不到。马副县长索性把挎包搂在胸前，像小孩子看护自己心爱的玩具一样。这个小气劲儿！任羊成心说。

下了车，走上山路，任羊成紧紧地跟着他，马副县长几次想甩都没甩开，现在已经不是"暗偷"，快改为"明抢"了！任羊成吃准马副县长挎包里有东西，所以就坚决不走，赖着他，到最后索性伸手去夺挎包，说："我帮你拿着！"马副县长一把拽回来："不用！谢谢你的'好意’。”任羊成又抢：“你不识好歹……”马副县长并不领情：“我还不知道你想干什么？”结果夺来夺去,两人摔倒在崎岖不平的乱石小路上。这一摔，跨包“啪”一声飞了出去，挎包里飞出了一点“白面儿”。任羊成一看，指着“白面儿”哈哈大笑：“看吧，我就知道你挎包里有东西，你还不让我们吃。”

马副县长也哈哈大笑：“我说我的东西怎么一直少啊？原来是你一直在偷吃？今天让我给抓了个现行，你还有什么话说？”

“吃的人好多了，可不光我一个。”

“捉贼捉赃，今天捉住你，就是你，你赖不掉吧？”

任羊城啥也顾不上说了，忙着用手捧那个“白面儿”吃。捧不起来了，就用手捏，可是捏也不好捏，马副县长又催得紧：“赶紧走，还得赶路呢！”任羊成一着急，干脆就趴到地上舔。

“你看你那没出息的样儿。”

“洒了怪可惜的！”

稀缺的“白面儿”从哪儿来的呢？

原来，马副县长长期在红旗渠工地，工地生活极其艰苦，多年来都是野菜、树叶的伙食，他很多时间还不能按时吃饭，长期的营养不良导致他多次昏倒在施工工地上。他被抬到红旗渠医院，侯林院长对他仔细检查诊断才知道,这是“低血糖”,老百姓土话叫“饥饱劳伤根”。身体里的血液一旦缺糖,人就会头晕、目眩、心悸,严重的还会出现昏迷、不省人事等症状。因此侯院长建议要常备一点糖，一旦心里发慌，赶紧吃一口糖，就能缓解。可是，市场上蔗糖很难买到，不过，葡萄糖粉倒是可以买到的。于是，他身上一直带点葡萄糖粉，一旦心慌，就吃一口，缓解低血糖。

就因为这个原因，马副县长屋子里经常有葡萄糖粉。最近一段时间，低血糖没有发作，就一直舍不得吃，可是葡萄糖粉却依然在不断减少。放的地方老鼠根本够不着，一定有人趁他不注意偷吃。今天，把任羊成抓了个现行。

看着舔吃葡萄糖粉的任羊成，马副县长故意板起了面孔，下了“警告令”：“以后你再敢偷吃，我就‘报案’！”

任羊成笑着说：“偷吃几口药，就当是小灶。”

200顶草帽心连心

1960年3月27日，红旗渠工地开工后不久，平顺县委第一书记李琳和书记处常务书记杨树培带着常松明等人到林县红旗渠工地慰问。

出发前，杨树培随口问：“咱们计划带什么慰问品？”

李琳书记说：“按说他们在咱们平顺县境内施工，应该带上大米、白面、猪肉去看看，帮助他们改善一下伙食。可是咱们县穷得出了名，连毛主席都知道我们是‘一个太行山上的穷地方’。哪有什么慰问品？咱们就去给林县人送几句贴心的话，鼓鼓劲吧。”

杨树培说：“前几天侯壁电站发劳保，还剩下200顶草帽，你看咱们带上这些草帽好不好？”

李琳书记一听很高兴：“好啊，天气热了，送去草帽正合适。没想到你们在侯壁电站还打着埋伏呢。好好好，咱们就带200顶草帽去。”

李书记叹了口气又接着说：“咱们和林县都穷，杨贵不会笑话咱们的。俗话说得好，‘千里送鹅毛，礼轻情意重’啊。”

杨树培说：“我们虽不是‘雪中送炭’，但也算‘雨中送伞’，应该算作一景了。"

早已站在吉普车跟前的常松明和司机崔何成师傅，听见两位领导的对话，感觉有些逗，忍不住笑起来。

他们乘坐的是县委会唯一的吉普车。当走出城关来到百里滩的"三跳"（即车在路上跳、人在车里跳、心在肚里跳）路上后，车上的人被颠簸得不是上下跳动，就是被甩得东摇西晃。

车刚走完百里滩，就来到了辛安村下，浊漳河横亘在前面，挡住了大家的行程，车上的人不得不走下车来，准备乘船过河。摆渡的张师傅见来了吉普车，知道今天有领导下乡，不敢怠慢，急忙调船，把稳舵，靠上去。

张师傅问："李书记，咱们辛安桥什么时候开工建设啊？"

李书记打趣说："怎么，等不及了？"

张师傅说："因为早就听说要修桥，这船开始漏水了，领导也不准备维修。我是怕耽误大家的事情啊。"

李书记说："修桥也是很快的事情。辛安桥修成了，你就不担心失业？"

张师傅说："修成桥我甘心失业，那是往幸福的日子里奔，谁不愿意？你看，本来几步就能过去的地方，要让你们耽搁小半天，这多浪费时间呀。"

杨树培书记感慨地说："张师傅千万不要埋怨这漳河，如今漳河变成香饽饽啦，谁都想吃一口呢！"

莫名其妙的张师傅说："河水就是河水，怎么会变成香饽饽？这要成了香饽饽，我就不用回家了，每天就着河水吃香饽饽肚子就饱了。"

同行的人们知道杨书记这样说的缘由，而摆渡张师傅却一头雾水，大家又是一阵哈哈大笑。

红旗渠引的是漳河水，所以杨树培说漳河是香饽饽。

等到达崔家庄，差不多已是中午，李琳书记与杨贵书记相会在渠首的拦河大坝工地上。他们像久别重逢的亲人，一见面就高兴地迎上去，两双手紧紧地握在一起。平顺和林县的领导，一同看了紧张施工中的拦河坝现场，随后往崔家庄村里的分指挥部走去。

当杨贵书记看到同来的常松明、崔何成还拿来了两摞崭新的草帽，便问："你们这是干什么？"

李琳书记说："我们平顺穷，拿不出什么好东西来慰问大家，带几顶草帽过来，表达一点心意。杨书记，千万不要嫌弃啊。"

杨贵说道："这不合适吧？我们已经给你们找了那么多麻烦，你们还要慰问我们，这叫什么事情……我们倒不会笑话你们，怕的是你们要笑话我们了。你们这个时候来慰问林县民工，送的可是大礼呀！"

杨贵书记还提到，现在交通不便，粮食一时运输不过来，每天三四万人吃饭，我们已经快穷到揭不开锅的地步了，把你们的树皮、野菜都吃了……

最后，杨贵饱含深情地说："谢谢你们！平顺人民对我们林县有大恩大德啊！没有平顺干部群众的支持，我们就修不成红旗渠。这回通过修建红旗渠，我们林县和平顺人民的心连得更紧，感情更深了。"

山河铭记英雄的名字——吴祖太

红旗渠修成后，林州（县）的旱地变成了水浇田，粮食产量大大增加，人们在享受红旗渠福利的同时，始终难以忘记一个人，他就是工地上的水利专家吴祖太。

吴祖太不是林县人，却为林县的水利事业献出了宝贵的生命。更悲壮的是，他的妻子在淇县为抢救学生也献出了宝贵的生命。

至今，在林州（县），提起吴祖太的事迹，家喻户晓，大家都由衷敬佩这位献身林州（县）水利事业的英雄！

吴祖太出生于河南省原阳县自庙村，为了生存，自幼帮父亲拉车，给人送水，与穷苦的孩子们一起拉过废品，尝尽了生活的苦难。1953年5月，吴祖太从黄河水利学校毕业，分配到安阳水利局工作。1958年12月，他所在单位归属新乡地区。他工作的新乡是城区，条件相对优越,可从小就受苦受难的他,却一心要到最艰苦的林县山区施展才华。

吴祖太来到林县后，就深入了解林县的水利状况，当看到淅河南岸的大片土地干涸，禾苗枯死时，十分心痛，于是就想着设计一条引水渠，经过精心设计，最后设计出铁索帆布引水渡槽。

1956年春，林县城关、合涧、原康、小店、小屯、采桑、秦家坡、南峪八个乡苦苦干了两年多，从山西省壶关县苏家坪筑坝引水，建成了一条蜿蜒25里的英雄渠，沿淅河北岸向东一直到合涧村分为三条支渠。一支渠沿林虑山东麓向北到黄华；二支渠沿乌云山北侧向东到景色岭；三支渠沿乌云山南坡向东到邓家村。

帆布渡槽引水后，淅河南岸的土地才得到有效灌溉。

林县修建红旗渠前，先修建了大型水利工程——南谷洞水库。吴祖太负责工程设计和技术指导。因大坝采用的是乱石堆砌坝，处理这种大坝的难度较大，如有疏忽，将会留下不可想象的后患。因此，他每时每刻都感到肩上的责任重大，寝食难安，一有时间就往工地跑。

当时25岁的吴祖太，已同在淇县淇高村小学当教师的女青年薄慧贞订了婚，家里曾三次为他俩选定婚礼的良辰吉日，三次来信催他回原阳老家完婚，但他看看正在处理的大坝基础，看看正在开凿的一、

吴祖太

二级输水涵洞，看看正在设计中的大坝观察廊道，放心不下工地的安全，就没有向领导请假，而是给家里和慧贞回信婉言回绝了。

薄慧贞出身于淇县一个书香门第之家，从小就受到了良好的家庭教育，在淇县县立中学上学时就加入了中国共产主义青年团，在收到吴祖太推迟婚期的信后，并没有感到突然也没有感到意外，因为吴祖太在安阳时他们就相识了，经过几年的交往，她已经对他十分了解。直到1959年春节，薄慧贞到南谷洞水库工地看望吴祖太时，工地的领导和同事们才为他们举行了婚礼。

春节刚过，这对夫妻还未品出新婚蜜月滋味，便各奔东西，回到工作岗位。

1959年3月28日中午，吴祖太放下饭碗就跑到工地上。此时，指挥部的电话铃声急促地响了起来，接电话的王文生听到了一个令人意想不到、沉痛的消息。电话是淇县淇高村小学打来的，电话里说，学校在组织学生参加义务劳动清除铁道两旁的杂草和垃圾时，薄慧贞为抢救学生遇难了……

经过丧妻之痛后，吴祖太又义无反顾地回到了林县水利建设工地。

红旗渠工程，最初叫“引漳入林”工程，计划在太行山的半山腰修一条宽8米、渠墙高4.3米、长70.6千米的大水渠，把漳河水引入林县。修建这个巨大工程,要劈山，斩岭，逢山钻洞，遇沟架桥，因此，在做出“引漳入林”的决定后，林县县委召开扩大会议，把这一艰巨任务交给了副书记周绍先同志。会上，县委领导又根据吴祖太近两年来不断成熟的设计施工经验，将引漳入林工程的测量与设计、建设与施工这副沉甸甸的担子搁到了他和其他几个技术人员的肩上。

老周领着二十多名测量设计人员出发了，他们肩扛标尺，身背行装，手提仪器，迎风踏露，气势雄昂地在崎岖的羊肠小道上攀登着……

如此巨大的工程，重任在肩，吴祖太难以入睡，推门向外一看，老周屋里的灯也还亮着，原来他也没睡！吴祖太便向老周的屋子走去。

老周听到开门声，竟连头都没抬就说："小吴啊，怎么？一炮还没响就睡不着了！"说着顺手抽出一支烟递了过去，吴祖太将烟点燃后深深地吸了一口，微笑着说："是啊！周书记，我在想：全县人民把这么艰巨的任务交给了我们，如果搞不好，到那时咱们是谁也对不住。"

"你说得很对，那你就谈谈对整个引漳入林工程的想法吧。"老周鼓励他继续说下去。

"情况很明显，测量和设计的任务都有很大难度，可眼下包括我在内的技术力量是不够的。所以，我想要使每个人都能树立敢想、敢干敢实践的决心和信心，只要我们大家团结起来，就没有克服不了的困难，就没有过不去的火焰山。"吴祖太越说越有劲，老周在一旁也不住地点头。

第二天，这支测量队便带着干粮，顶着满天的星星分三路出发了。当火红的朝霞映满整座太行山的时候，在山头上，在悬崖边，随着一阵阵哨声的吹响，一面面小红旗摆动着，引漳入林工程的测量工作正在紧张地进行着。

老周把这里的测量工作全面铺开以后，要回去向县委做汇报，吴祖太难分难舍地一直将他送到村外，老周回头对他说："别送了，我走后这里的工作就由你一个人负责了，我知道这副担子是很重的。不过咱测量队里还有几位老同志，如有困难你们要多商量，多研究，我相信在我回去的这段时间里，你们一定会圆满完成任务的。”吴祖太依依不舍地站在那里，直到老周隐没在大山的深处，他才回头向第三组测段走去。

第三组是康家兴所在的组，第一天测量的正负相差20厘米，两个组碰不住“点”，因此吴祖太很着急。他知道，渠线纵坡很平，如果在测量上稍不注意，将会给以后的设计和施工造成不堪设想的后果。于是，他不放心，便赶到三组查看这里的情况。

他一边仔细校对数据，一边向大家讲解《水平仪与经纬仪讲义》，让测量队的人员学习。测量队里的人都清清楚楚地看到，吴祖太几乎是天天吃饭不照时。早晨，顶着满天星星出发。晚上，披着一身尘埃归来。一双眼睛熬红了，一张面庞消瘦了，但他却始终是神采奕奕。

每天晚上，三个测量组都要到吴祖太的屋子里去“碰点”。

引漳入林的计划不单河南省委很关心，山西省委也大力支持，引漳入林的动员令正在起草：各公社正在组织劳力；商业部门正在准备施工物资；卫生部门正在抽调医务人员；交通局、粮食局……就连剧团也为引漳入林在忙活……

吴祖太说：“虽然咱已经测过了老虎嘴、谷堆寺，但还有通天沟、四眉崭等险段没有测，能不能全线开工，下一步就要看我们的了。”

大家一致表示：就是刀山火海也要闯过去。

“穿山风，开门住，开门不住刮倒树。”山风整整刮了一夜，天还未亮，吴祖太就带领测量队迎着呼呼的山风出发了。他们要测的“通天沟”，壁立如切。人在上面站都站不住，三脚架还没支稳，就被狂风刮倒了。

“来人！一个人扶一条腿。”吴祖太紧紧地抱着水平仪喊。

他的话音刚落，马上有三个人死死地抱住了支腿。此刻，负责扶标尺的卢恭亮，紧绷着嘴，弯着身子，顶着狂风，扶着标尺，高声喊："开——始——吧！"

狂风不停地怒吼，哨声不停地召唤，木桩一个一个地打进了崖缝里，引漳入林渠线不断地向前延伸着。

"引漳入林"已进入了设计阶段，吴祖太等人顺着山坡直上六里，来到了翟峪岭上，面对两山对峙的深山大峡谷，他们看一阵，画一阵，议论一阵。晚上回到住地，吴祖太又在煤油灯下画草图。第二天，吴祖太带着草图去请教当地的几位老大爷，其中一位老大爷说："我今年 71 岁了，从我记事起，一共发过三次山洪，那大水正好冲在你们画的桥墩上。"说罢又领着大家向峡谷里走了 200 多米，他停住脚步，用手指着那条深谷接着刚才的话说："依我说，就按咱刚才走过的这条线修明渠绕过来，再从这里架座小渡槽。"吴祖太上前目测了一下，回过头来对老大爷说："顶多 40 米，这样渡槽缩短了一半，桥墩也相对低多了，填石头打拱也相对容易。"

渠线要从"老虎嘴"穿过。老虎嘴位于悬崖绝壁的顶端。那高峻的山崖就是虎头，崖上向外突出的巨石就是虎嘴，渠线不上不下，正好要从老虎嘴里穿过。吴祖太站在虎头上，抚额沉思：是斩掉老虎头还是穿过老虎身？斩掉虎头吧，要在悬崖绝壁上凿石 300 米，渠线肯定要长，工程量随之也要大；横穿虎身吧，虽渠线短了，但要凿石钻洞，石质难定，而且危险性大。

一阵沉默之后，吴祖太让其他人原地休息，自己上山找来了一位老羊工。这位老羊工带着他们小心翼翼地攀上了老虎嘴。吴祖太在老虎嘴里仰头目测了一下，又量了量上下嘴唇的直径，最后决定渠线就从老虎嘴里通过。方案是：不动下嘴，炸掉上嘴唇，挖掉虎舌头，再往嘴里凿六米。

渠线横穿露水河，为解决渠水与河水交叉的问题，他因地制宜，创造性地发明了白家庄空心坝。这样的建筑，任何一本《建筑学》上都没有，后来有人看后写诗赞曰：

庞然怪物卧河床，激怒山洪掀浪狂。
人造天河穿大坝，强逼漳水忘东洋。
远观瀑布白花溅，近看珍岩碧海藏。
巧匠神工天地换，交叉引水又一章。

引漳入林工程动工后，被命名为“红旗渠”工程。3月13日，红旗渠工程建设总指挥部移师山西省王家庄。就是这个王家庄，最后竟然成为林州人永远难忘的地方。一个有着太多牵挂和伤感的地方。

吴祖太被任命为工程股股长后，一连两个多月，每天天不亮就上了工地，星星满天还不见回来。夜深人静了，他还在灯光下设计、审查和修订第二天的施工方案。他这个股长与众不同，总是走到哪里就干到哪里。

3月27日，渠首拦河大坝工地上如火如荼，用一道道人墙堵住了激流。曾经汹涌、桀骜不驯的漳河，乖乖地顺从人们的意愿，沿着坝南头为它修好的泄洪闸奔腾而去……民工们正在挖掘河水让出的坝基。按原来设计，坝基宽度是3米，下挖深度为1.4米，可是眼下只挖了一米深，才打了几寸深的炮眼，就被渗水淹没了，无法装炸药，放不成炮，工程无法进展。指挥部接到了从渠首打来的电话。打电话的人刚放下话筒不久，老周和吴祖太就赶到了。他们经过实地勘察，亲自试验，还放了几炮，结果还是不行。

吴祖太想：原来的设计目的是坝基坚固，可眼前渗水太大，挖够深度确实非常困难，工程进度缓慢，到五一劳动节大坝肯定不会合龙。只要改变一下设计方案，以宽代深，将基础宽度加到六至七米，往下挖一米深也就可以了。老周听了他的设想后说："好，有胆量，有志气，咱就这样干。"

天，渐渐黑了。夜，渐渐深了。整个漳河大峡谷，除了三班倒的民工还在紧张地出碴、打钎外，已经听不到白天那沸腾的号子声和隆隆的开山炮声了，一切都已暂时沉睡了。此刻，从工程股帐篷里透射出一丝丝灯光，吴祖太披着他那件带有风雪帽的小大衣走来走去，他的脑海里正在给沿渠线上的一项项工程、一个一个建筑物排着队：

渠首隧洞要由直线开凿为弧形，再加上多打几个旁洞，在时间和质量上就都没啥问题了。

翟峪岭渡槽必须向上移200米，那样渡槽的长度就可以缩短一半，既能省工、省料，还能多浇地。对！就按这项方案干。

临淇营修的那个桥，料已基本备够了，可具体位置还没有定下来，到底是下移好，还是上移好？

茶店营在石子坡修的那段渠，满山坡的鹅卵石不停地往下掉，严重影响施工，急需处理，应该采取什么措施？

还有王家庄村下那个隧洞，东口已经进深十几米了，洞顶土质松软，如果发生塌方，民工的生命会有很大危险。

这些问题究竟如何处理呢？吴祖太想到了同自己一起工作了几年的技术员卢恭亮同志，他在施工方面比自己经验多，还是请他来一同研究比较好。于是，他伸手拿起了电话筒，要通了盘阳分指挥部。

3月28日这一天，东方刚刚泛起了微弱的白光，吴祖太准备到十几里外的第二段工地，他就从伙房拿了个馍，一边走，一边吃着登上了一个小山头，他从高处眺望着修渠工地那雄宏的劳动场面，激动得心潮难平，向前迈进的脚步越发加快了。

"你们看，那不是吴技术员来了！"工地上不知是谁喊了一声，人们便蜂拥而上把他围住了。一个小伙子把吴祖太经常用的那个八磅大锤藏了起来，然后大声喊道："吴技术员！你来劳动也不带工具，要不俺这工地可就没你干的活儿了！"吴祖太抬头一看，那个小伙子身后露出了个锤把儿，便笑着走过去，冷不防将大锤夺在手中问道："这不是我的吗？你过来管扶钎，咱俩合作干一会儿。"那个小伙子手扶钎，吴祖太抡起大锤，叮叮当当地干了起来。虎口被震得流出了血，头上的汗水滴到了脚下，人们几次劝他休息一会儿，他总是说："出点力，流点汗，吃饭才香，睡觉才甜哩！"

"喂！吴技术员在哪里？"正在抡锤打钎的吴祖太听到喊声，将大锤"咚"的一声放到地上，用手摸了一把脸上的汗答道："在啊！有啥事儿？"那个人听到吴祖太的回声，便一溜小跑来到他跟前笑着说："我老远看到抡大锤的就像你，果然是。你快去瞧瞧俺们那段渠线是该往上翻，还是该往下翻。反正你写的那字我们也不认识。"

他们翻过一道岭，来到东岗营的工地，吴祖太采纳了民工们的意见，将那些"BM"之类的英文字母全部改成了中文。于是，他便通知工程股的技术人员，把沿渠群众看不懂的标记一一改过来。而且无论走到哪个工段，都要同民工们一起干活，在干活中解决一些施工中遇到的难题。

卢恭亮一大早便动身赶来了，吴祖太一见到他，将昨天晚上考虑到的问题进行了交谈。然后，两人便一同朝石子坡走去，吴祖太抬头看看满坡的鹅卵石问："你看怎么办？"

卢恭亮深思了片刻后说："全部券拱吧，这么长的渠段，搭胎用木材又多，我看干脆编荆笆挡吧，等挖够尺寸了，再用石头砌。"

吴祖太想了想说："这倒是个办法，山上有的是荆条，咱自己可以采，也可以编，一个钱也不用花。"

吴祖太和卢恭亮从石子坡又来到了王家庄村隧洞东口，正好姚村营指挥长郭百锁和负责安全的李茂德也在那里，他俩一见吴祖太和卢恭亮来了，便乐哈哈地笑着说："真是'想曹操，曹操到'，想谁谁就来了。这不是，俺俩正要去找你们哩。今天洞顶上不断往下掉土块石头，你看咋处理？"他们四人进洞一看，有好几处已经裂了缝。

"得想个办法顶住。"卢恭亮看后说。

"我看顶住只能解决一时的问题，咱是不是把洞形改一下，由'嘴'洞改成'鼻子'洞，在洞中间留个梁，两个洞保持原来的宽度，这样不是更坚固了吗！"吴祖太接着卢恭亮的话说。

在场的人都赞同，吴祖太接着说："不过，如果这样改，一是要请示指挥部，二是眼下还得照老卢同志的意见办，先用梁顶住防险。"

根据吴祖太的建议，卢恭亮写好了改变王家庄隧洞设计方案的请示报告，办公室主任郝万明拿着这份报告请吴祖太审阅。吴祖太看后掏出钢笔迅速地改了几处，一边递给郝万明，一边说："郝主任，你再看看，王家庄隧洞可能会发生塌方，我先到伙房去吃点饭，随后到那里去看看。"

在总指挥部的伙房外，吴祖太、田永昌、王文全三个人坐在一块条石上吃过饭后，已经是下午 5 点多了。他们一同向工地走去，当到达姚村西张连工地时，田永昌、王文全留下来采访该连的施工经验，未能与吴祖太一同前往。

开山炮一声比一声响，好像要把沉睡了几万年的太行山震醒。吴祖太在隆隆的炮声中快步向王家庄隧洞走去。他在工地上找到姚村营部李茂德说："走！咱俩一块到洞子里去看看。"

总指挥部副指挥长段毓波远远望见吴祖太和李茂德两个人进了隧洞，便也向这里走来。

时间一分一秒地过去了，十几分钟后，不幸的事情发生了。

“王家庄隧洞塌方了！”

“吴祖太和李茂德被堵在洞里了！”

消息传出，人们飞一般朝着隧洞跑去。很快，越来越多的人朝着这里赶来，现场的呼救声越喊越高，人们一声声呼叫“吴技术员”“李茂德”，洞内却鸦雀无声……

吴祖太牺牲的王家庄隧洞

总指挥部的干部赶来了，工地的民工们赶来了，王家庄村的干部和群众也都赶来了。

段毓波第一个冲进了隧洞，冲到了塌方前，他一眼看到了吴祖太那双被气流冲击掉的鞋，可是却看不到吴祖太的身影，无情的土堆已经将他们淹没了。

当人们挖开塌下来的土石时，清楚地看到，他们面部表情竟是那么自然，那么安详……

林县人民在红旗渠总指挥部的所在地——王家庄，为吴祖太同志举行了隆重的追悼大会，中共林县县委根据吴祖太同志生前在林县水利建设上所做出的贡献，追认他为中共党员。1966 年 1 月 11 日，吴祖太被中华人民共和国内务部追认为烈士。

回天无力，无力回天！

水利战线上的杰出战士，林县人民的优秀儿子吴祖太，永远地离开了我们!

董存瑞式的英雄元金堂

元金堂是任村公社石岗村人，共青团员，在南谷洞水库担任炮手。1958 年 8 月 12 日，他在爆破一级输水洞三号旁洞时，为了保护民工的安全，不幸壮烈牺牲，时年 23 岁。

那天，民工们为了早日完成任务，一早就奔向工地。元金堂装炮眼，做炮捻，忙个不停。傍晚点炮时间到了，随着一声声轰隆隆的炮响，一座座山崖倒了下来。

元金堂刚刚点完炮，忽听工友们高喊："三号洞口什么东西发光了！"他抬眼一看，"啊！是炸药箱冒火！"元金堂惊愕地喊了一声。他知道该洞口旁边还放着三箱炸药，许多雷管也放在那里。更为严重的是，有三十多个工友刚进入洞口，准备夜战，一旦发生爆炸，后果不堪设想！

在这紧要关头，元金堂忘记了自己，想到的是工友们的生命安全，想到的是国家财产，想到的是集体利益高于一切……

只见他奋不顾身地冲向洞口，毅然决然地抱起正在冒火的炸药箱往外跑，准备把它扔到山沟里。

"金堂，快扔！金堂，快扔！"工友们望着他急切地喊着，大家的心一下子提到了嗓子眼儿！

"轰隆！"一声，炸药箱还没有出手，就爆炸了。英雄元金堂为了工友们的安全，献出了自己年轻的生命。周围的 38 位民工平安脱险。

元金堂烈士的英雄事迹，迅速传遍了整个水利工地。为学习他大无畏的革命精神，林县县委在工地上举行了隆重的追悼仪式。元金堂的父亲元太发也赶到了工地，他向大家说："金堂今天的死，是为了大家，为了集体，为了建设社会主义，他死得光荣。人死了，我很难过，可是难过没有用。金堂死了，我们还活着，我们还要搞水利，还要继续干下去。"元金堂的英雄事迹，老人的激昂话语，深深地感动了每一个人。很快，全县各个社队都掀起了"向元金堂学习"的热潮，整个工地呈现出"决心征服群山恶水，早日建成南谷洞水库"的热火朝天的劳动场景。

人们为元金堂的事迹所感动，特赋诗一首，以表纪念：

万里云天满夕阳，元君壮烈倍相伤。

库塘今日风光好，山野当年炮火长。

忘死舍身无顾己，念人投足在怜乡。

英雄业绩传千古，一座丰碑立太行。

1960 年 3 月 21 日，林县县委追认元金堂同志为中共党员。元金堂同志改造自然、造福人民、舍生忘死、英勇献身的光辉形象，像一棵挺拔的青松，永远屹立在太行山之上，令林县人民世代敬仰。

舍生忘死救队友

1960 年 4 月的一天，林县上空飞来一架飞机，这是省委派出的专机，来接李改云去省城治病。

李改云是谁?

她是什么级别的干部？怎么能够动用一架专机?

故事要从两个月前讲起。

当时，林县开始了“引漳入林”工程，要在太行山上修一条渠，把山西境内的浊漳河水引到林县来，利用自然落差，浇灌林县数十万亩土地和解决林县人畜用水。

这天，瓦蓝的天空上，大朵大朵的白云，略微凛冽的山风，让人觉得清爽，人们争先恐后，展开竞赛，修渠的进度很快。

上午快收工的时候，李改云开始了例行的安全检查。她到了一个工作面儿，发现上面有碎石往下掉，根据经验，这些石块很快就要掉下来了，伸头一看，下面还有好几个民工在施工，她急忙大声喊：“快撤！这批土要掉，快撤！”大家听到喊声，纷纷跑开了，但是，有一个16岁的女孩年龄小，刚来没几天，就被吓懵了，站在那儿一动不动。大家都替她着急，她却不知所措。

就在这千钧一发的时刻，李改云挺身而出，一个箭步冲上来，猛地把她推了出去，李改云推出去的胳膊还没有收回来，上面的大石块已经掉下来了……

16岁的女孩得救了。

李改云却找不到了。

李改云，生在旧社会，长在红旗下，16岁加入中国共青团，曾经在村里当过互助组组长、初级社社长、高级社妇女主任，23岁在井湾村光荣地加入了中国共产党，当年（1960年）24岁，和村里的团支部书记原来山，带领本村200名男女青壮劳力来到山西的王家庄修渠工地。

在工地上，李改云被推选为第一营妇女营长，并组建了“刘胡兰突击队”，担任队长。“刘胡兰突击队”每天要和男人们进行劳动比赛，看一看一天中谁的进度快，一月内谁扛的小红旗多。山上岩石书写着她们的光辉誓言：

“头可断，血可流，不修成红旗渠不回头。”

“宁可苦干，不可苦熬！”

“人和渠水一块回！”

修渠没小事，吃饭是大事。那时候，大家从大队自己带口粮，到工地生火做饭，粮食不够吃，树叶也不是充足的，为了避免后面盛饭的队友连树叶也没有，她给炊事员立了一条规矩：盛饭用木板刮一下。我们能吃的东西不多，但我们要保证每个队员都有吃的。

李改云除了带领“刘胡兰突击队”完成当天挖渠任务之外，还要负责本村修渠工作的安排，更重要的是要负责好这二百多号劳动力的人身安全。李改云每天利用上工的间隙和收工前检查。

那天中午例行检查，就发生了这救人的一幕。

队员被救出来了，李改云在哪儿呢？

一定要找到！

人们找了又找，始终不见踪影，就在人们心里绝望的时候，一个声音喊起来："快看！那里那里！"人们顺着他指的方向看，几十米外，好像是，又好像不是。

原来山带人跑到几十米深的悬崖下，终于找到了李改云，李改云被碎石埋到了肩膀，一摸，还有呼吸！大家七手八脚去刨，先刨出左腿，后刨出右腿，但右小腿已开放性粉碎性骨折，只有几点皮连着，大动脉血管破裂后向外喷着血，血把泥和成了血泥，糊在李改云的右腿上。李改云已成了一个泥人、血人！人们用绳子在大腿处扎了几下，以防止大动脉再出血，早有人绑好了一个简易担架，连夜把她送往人民医院。

工地距离医院 40 里地，她有危险吗？她的腿能治好吗？

山路颠簸，人心焦虑，李改云昏迷不醒。

终于，在崎岖的山路上，李改云苏醒了。她睁开沉重的眼皮，对团支部书记原来山说："我……没有……完成……任务，我在……信用……社……存了……10 元……钱，你……把……10 元钱……给我……交了……党费……"她说完就又昏迷过去了。

这就是李改云，生命弥留之际，想到的是党交给的任务，想到的是交党费。

到了人民医院，迅速展开抢救！但伤势太重了，伤口全部污染了，医生建议截肢，以保住生命。

县委书记杨贵知道后，下了死命令："人要保住！腿也要保住！不能让英雄流血也流泪。"

由于伤情严重，4 月 18 日，河南省委派直升机把她接到郑州治疗了一年。她右腿没有截肢，但是落下了终身残疾。

床头柜上一大束鲜花，病床上，一个年轻女子，梳着两条搭肩短辫，专心致志地在看一本书。这个画面，让看的人觉得心里很安静。可是，照片的左边又突兀地显出几根绳子，好像吊着什么。这，正是病床上的李改云。在这里，她有时间识字读书。

坚强的李改云并没有被伤痛击垮，她已经学会了冷静面对。

1965 年和 1966 年，总干渠和三条干渠竣工通水典礼时，她被评为红旗渠建设模范和特等模范。

在距渠首 7300 米处，当年李改云受伤的地方，渠上建了一座桥，桥东面的石头栏杆上刻着“改云桥”三个字，人们说：“当年修红旗渠的时候，这里曾经出过一位舍己救人的女英雄，名叫李改云。”

总干渠改云桥

皇后沟渡槽冒雨排险

大渠不断地向前延伸，在通过任村公社赵所村后，进入一条80米宽的大山谷，因谷内有皇后村，名曰“皇后沟”。大渠要跨过皇后沟，总指挥部设计了一个20多米高的石拱结构的大渡槽。

合涧公社分指挥部承担这一任务，分指挥部组织3个大队社员负责修建。1960年2月，3个大队的500多人进驻工地。

分指挥部确定让农民技术员路银负责现场施工。路银虽然在林县水利建设中搞了十几年施工，但却还从来没有承担过如此大的工程，为此心情十分沉重。开工后，他连觉也睡不着，一直坚守在工地上。这么大的一个渡槽，在没有搭架原料的情况下，就决定依然采用传统的办法，打好基脚，搭土胎砌券。

打基脚，必须见到硬石底，路银亲自挖石，试试到底儿了没有，一点都不敢马虎。为防止洪水冲毁根基，严把质量关，他亲眼看着一块块石头垒在基脚上。

后来用土垫了一个临时土胎，用于砌券使用。砌券用的都是好料石，路银亲自盯着把一块块石头垒在渡槽上。槽墙每上升一层，都倾注了他的心血和汗水。

渡槽快要建成时，一天夜里，路银从工地回来吃过晚饭，实在太困了，想上炕歇息歇息。刚躺下来，忽然听到外面刮起了风，他急忙起来一看，不光是风，还夹着豆大的雨点，他担心起大渡槽来，随手掂起一把铁锨，冒着风雨，趺趺撞撞地向皇后沟跑去。

当他走近渡槽时，影影绰绰地看到两个人影在土胎下晃来晃去。难道是有人趁着雨天来搞破坏？路银想着就向那两个人扑了过去。

“什么人？干啥的？”路银愤怒地喝道。

“路银，快来帮一把，这里积水过多，你拿锨没有？”

“老马，是你啊。你们怎么来这里了，吓我一跳，我还以为谁在搞破坏呢！铁锨,有！有！”只见马有金和司机牛德学正在拼命地挖土胎。

原来，晚饭后，马有金正准备休息，上厕所时，狂风骤起，抬头看大雨即将来临，立即想到了皇后沟大渡槽。因为路远，马有金正发愁怎么到工地去看一看，正巧牛德学开车到指挥部办事，马有金命令牛德学：“当务之急，咱们到皇后沟去一趟，看一看有没有什么问题！”

牛德学二话没说，调转车头，就拉着马有金来到了皇后沟工地。

到工地一看，渡槽的土胎挡住了雨水的去路。一时间，土胎内积水已一米多深。多年奔波在水利工地的马有金不由得冒出了一身冷汗，他想，雨水如果排不出去，渡槽就可能被冲垮，于是，他就和牛德学一块儿徒手清理沟槽，希望赶紧把积水排出去。

路银的及时出现，使马有金大喜过望。

“快拿来，这里积水已满，水放不掉的话，要出大事。”

三个人跳到水里，摸到土胎下，路银和牛德学用铁锨，马有金用撬杠，三个人不停地挖呀、刨呀，汗水和雨水交织在一起，三个人都成了泥人。

可那是7米多高的土胎呀，像城墙一样，一时咋能挖透呢？

天黑，风大，雨猛，离住地四五里地远，住地民工听不到，怎么办？

“路银，这样不行。我们三个人手太少，工具也不顺手，挖得太慢。你赶快去多叫几个人来一起干。”

“好。”路银答应后就往回跑，才跑到半路，看到前面几个灯影向这里移动。原来，民工们看到下雨，也想到渡槽，可找路银找不到，他们想，可能路银已经往工地去了。

于是，大家也就马上提着马灯，拿上铁锨跑了过来。人多力量大，终于从土胎上挖了个洞，将积水从墙洞里排了出去，保护了正在建设的渡槽。这时天已经发亮了。

路银回去后，由于在大雨中长时间劳作，得了重感冒，一头栽倒在炕上。其实，他早就病了，只是工程处于紧要关头，他咬着牙顶过了几天。可这一场大雨，使他抱病的身子再也扛不住了。

总指挥马有金马上派车把他送往医院治疗，一住就是十几天。在医生的精心呵护下，他的病有了一点儿好转。他着急着要出院，找到马有金，再三要求：“我得回去了，去看看渡槽。”

马有金说：“有什么看头，渡槽已经快建成了，你安心养病吧。”

路银说：“我不放心。”

马有金经不住他反复请求，最后经医生同意，才决定让路银去工地一趟。

路银出了医院，心情格外高兴，当他远远望见即将全部竣工的大渡槽时，就像喝了蜂蜜一样，甜在心里，笑在脸上，高兴得像个孩子。

“长藤结瓜”瓜儿甜

红旗渠总干渠和三条干渠主要工程建成后，建设者们来不及脱下已被汗水浸透的衣裳，来不及掬一捧清凌凌的渠水，痛痛快快洗一把被岁月和山风吹皱了的黄黑色的脸庞。他们扛起钢钎和老锤，卷起铺盖和炊具，推上吱吱扭扭的小推车，奔向了红旗渠配套工程的新战场。

建设者们，为这些红旗渠配套工程起了一个形象而有诗意的名字——“长藤结瓜”。红旗渠像一条铺在林县大地的长藤，各种支渠、斗渠像一条条枝蔓，那些小水库多像结在藤蔓上的瓜果啊！

经过六年艰苦卓绝的锤炼，红旗渠建设者们已非昔日普普通通的民工和工匠，他们成了“重新安排林县河山”的主角，成为劈山开河、创造人间奇迹的顶天立地的英雄。

民工们豪气冲天，对着大山喊话：“往日看你太行山像只虎，呲牙咧嘴怪吓人。今天俺把你当豆腐，想吃哪块就切哪块！”而且，这一次配套工程，不再是县里统一指挥，由各公社自己协调。过去几个村子联合作业，现在一个村子就开工了。

一时间，林县各地弥漫起“战火硝烟”。

西丰战备水库

硝烟一

红旗渠三干渠第二支渠穿山越涧，在东岗公社招军垴被一条大沟挡住了去路，必须建设一条飞越550米空间的渡槽，才能把渠水引过深谷。

东岗公社民工二话没说，就地摆开了战场。“武器”还是红旗渠建设中的法宝——自力更生，艰苦奋斗。没有图纸，民工们凭着修红旗渠积累下来的经验，集中大家的智慧，画出了第一张蓝图；没有木料，建设者把自己家准备盖新房用的木料送到工地；没有石灰，自己动手烧；工具不够用，大伙冒着严寒，踏着冰雪，到15公里外的深山割荆条，编抬筐；家家户户的碎铁、碎钢也集中起来，打成铁锤、钢钎，源源不断地送往修渠工地……

随着桥墩的节节升高，高空运料越来越困难，有人建议到外边租两辆吊车来，民工们立即否定了这种意见。大家说：“两部吊车一天就得好几百元，要是渠修几个月，就是十几万元，咱还是想土法子克服困难吧。”在试制土吊车时，一次大绳突然断了，横杆和石料失去控制，一齐坠落下来。共产党员李景玉见此情景，高喊一声“危险！”冲了上去，紧紧抱着老杆，让别的民工疏散到了安全的地方，他自己却被腾空而下的横杆拦腰打翻在地，身负重伤，昏死过去。躺在医院病床上，他不断打听土吊车试验结果，叮嘱前来探望的人，不能因为他受了点伤，就停止试验耽误工期。当大家告诉他，土吊车试验成功、提高工效四倍时，他兴奋地说：“成了就好，成了就好，俺这伤受得不冤。”

结果，有人断定靠一个公社三年也建不起来的曙光渡槽，仅仅用了两个多月时间就建成通水了，滔滔漳河水，欢腾着“爬”上了虎头山。

硝烟二

为了打通风门岭隧洞，早日把水引到家门口，河顺公社魏庄村党支部书记魏三然将生死置之度外。他不顾自己所患的癌症已到了晚期，仍然率领全村老少吃住在工地，奋战在工地。人手不够，他跑回家领来了两个儿子和一个女儿；竖井里有水不能施工，他和大伙一块用牛皮做成水包往井上提水；炮响后硝烟太浓，他号召民工们学红旗渠总干渠的做法，用荆条筐插上新鲜树枝，上下提升，奋力排烟。他吃不下饭，喝不下水，身体瘦得脱了形，但还坚持着不回家。民工们硬是把他摁在担架上，哭着把他抬回了家。但等大家第二天上工时，他让人搀扶着，又出现在工地上，气得大伙直冲他嚷嚷："老支书，你不要命了！"老魏却乐呵呵地回答："我一人在家躺不住啊，上了工地兴许能止止疼。"1970 年 9 月 13 日下午，魏三然生命垂危，把三个子女叫到自己跟前，声音微弱地说："我没完成开凿风门岭隧洞……任务，你们要和大伙道继续干下去，打……通……隧……洞，引……水……入……村，不然，我在地下也……不……会……闭……眼。"

女承父志，身孕三月的魏秀花紧遵父亲的遗嘱，拿起父亲传下来的钢钎，含泪上了工地。她在 70 米深的竖井里劈石出渣，夜以继日，被人称为"铁姑娘"。不久，噩运又向她袭来。1971 年 10 月 31 日，罐车发生事故，魏秀花不幸以身殉职，这一年她仅 23 岁。

两代人的生命融入了隧洞，两代人的鲜血凝固了渠道。建设者们咽下心头的悲愤，更加凶猛地向大山腹地开掘，开掘，再开掘。1974 年，风门岭终于被凿穿了一个大窟窿。水流到魏庄的那天，全村人都拥到魏三然、魏秀花坟前，一碗碗清澈的红旗渠水像一朵朵洁白的花朵，盛开在朗朗的天空下。

硝烟三

地处太行山巅的合涧公社有一个合峪沟村，只有 16 户人家，村小人少，自然条件恶劣。然而，他们不因村小人少而气馁，不因环境不好而止步不前。大家一致推选回乡知识青年秦福生担任技术员，开始修建山村变电站。他们脚蹬峭石，手扒石缝，像壁虎一样紧紧贴在岩壁上，抡锤打钎，挖平地基；盖机房，砖瓦不够，他们就上山劈料石、起石板，盖了三间机房；买不起水轮机，找来一台水轮泵代替；缺少配电盘，买了个水表，自己在木板上安装；不懂技术，秦福生几次下山拜师取经。最后，一座小型水电站终于在悬崖峭壁上建成了。通电的那天傍晚，村子里的老人、青年、儿童个个高兴地合不拢嘴。他们跑上山头，对着邻村，对着群山，放开嗓门喊："快来瞧呀！快来看！俺村的夜明珠要放电啦！"

硝烟四

就在合峪沟人快马加鞭地建设自己的小水电站时，河顺公社城北大队的水库工地，也是热火朝天。这个村地处红旗渠上游，按说"水过地皮湿"，用不着挖水库，全村两千亩土地全部可以灌溉。但是他们站在高处，看到远处，心里装着全局。在水库动工的动员会上，年轻的支书高银昌打着手势情绪高涨地说："水过地皮湿，那是老皇历了。我们城北人，现在不能光盯着鼻子底下这一点水，还要看到下游的人们。他们用水比我们难，如果我们修上水库，就能腾出水来浇下游的耕地。"高银昌说出了村里人的心里话，大家异口同声："站上游，看下游，只要你领头，俺们跟着干。"说干就干。在水库工地激战的日日夜夜，高银昌挽袖卷裤，一身土，一身汗，手背裂开密密麻麻的血口，衣服肩头磨开了片片碎花。就这样，在高银昌的带领下，城北人只用90天时间，就建成了一座小水库，使粮食单产一下子提高了132公斤。尝到甜头后，他们再也放不下手中的镐、钎、锤、锨了，短短3年时间，又建成了两座水库。这个过去“辘轳大，水井深，有女不嫁城北村”的干旱山村，逐渐变成了鱼米之乡。

硝烟五、硝烟六、硝烟七，硝烟、硝烟、硝烟……

长藤结瓜，越结越甜。1969年，红旗渠配套工程全面竣工，林县真正实现了“渠道网山头，水库遍山野”的梦想。同时，水的到来，也为各行各业发展创造了广阔的天地。红旗渠畔，传颂着道道喜讯：“粮食多了！”过去全县要吃统销粮一千多万公斤，配套工程完成后，每年则向国家交售商品粮二千多万公斤。

“夜明珠亮了！”利用红旗渠水的自然落差，全县建成40座小型水电站，装机总容量5800千瓦。电力带动着全县51个县社小型厂矿的五百多部机器，带动着三百多个村的九百多部农副产品加工机械，照亮了十一万三千多户林县人家。

“长藤结瓜了！”红旗渠畔，已建成三百多座水库，平时蓄水旱时用，一条渠变成了几条渠。

“苹果树挂果了！”红旗渠水使植树造林的成活率大大提高，许多干枯的老树也长出了青青嫩枝。全县造林十多万亩，年产鲜果二千多万公斤。

“鲜鱼上市了！”多少年来，对于林县人来说，鱼只是动物学上的一个概念。红旗渠通水后，座座水库都养起了鱼。林县的农贸市场上有了鱼，林县人的饭桌上有了鱼。老大娘们发了愁：“没想到临老还得重新学做饭！”

劈山五年，挖渠十载，一条1500公里长的大渠像天河，像银龙，逢山钻洞，遇沟搭桥，盘绕在太行山山腰，堪称人类改造大自然的一件杰作。

登上太行山巅，你会看到，在灿烂的阳光下，条条渠道像根根银线编织的璎珞，像枝叶繁茂的长青藤，覆盖了太行山焦渴的石块；座座水库碧波粼粼，像银瓜滚落在平川，嵌在峡谷，挂在山巅。

夜幕降临，水电站强大的电流点亮了山上山下万家灯火，那璀璨夺目的夜明珠，将林州（县）人的心一一点亮。